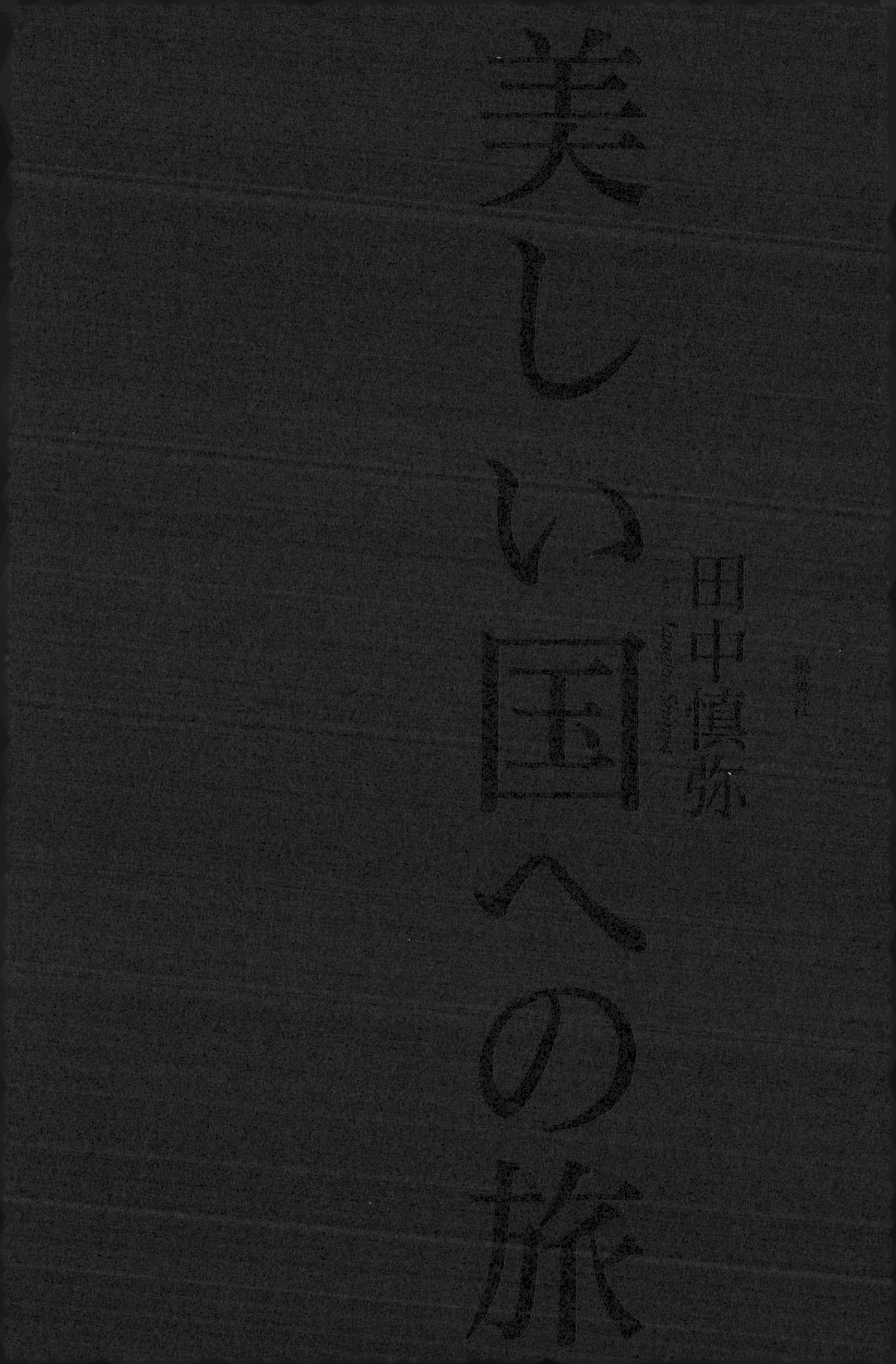
美しい国への旅
田中慎弥

美しい国への旅

僕があの頃住んでいた街（ゴミ溜めという呼び方が一番分りやすいだろうけど）には、勿論風が吹いていた。季節のなくなったこの国にはもう風しか残っていない。止むこともあるけど、またいつか必ず吹いてくるのだから、止んでいても吹いていることになる。

まだこの世界に季節も風もなかった時代、その空気の揺らめきを最初に起した誰かが、風と名づけたらしかった、時間を時間と名づけ、血を血と名づけたように。風はいま、濁っている。

この国と、たぶんこの世界のほとんどを覆っている灰色の濁り。風で飛んできて、別の風が吹いてきたとしてもそっちにも含まれているから、なくならずに積る。空気は汚れているもの。濁っているもの。どこを見ても透明はない。

透明なんていう言葉をよくも知っていたものだ。透明はもう言葉でしかない。街の老人たちでさえ、透明な世界を見たことはなかった。家を守るための遮蔽板や目張の剝がれた隙間から入り込む濁りの中で老人たちは、まるで自分たちの罪滅ぼしのように、暇潰しにこの世に帰ってきた街の御先祖たちがこの世界を嘆いているかのように、なぜ世界が透明でなくなったかを聞かせてくれた。

濁りの中心には、大きな基地がある、いわくつきのあの兵器の実験、改良、更新、実用のための。理解不能の熱量、光、爆発、炎、破壊。世界を灰に変え、空気を濁らせる、兵器の中の兵器、兵器の親玉のための。長い間、この国はあの兵器を持っていなかった。何しろ、大昔にあの兵器で散々に攻撃されたものだから、国民の声は長らく、いくら世界であれがはやったって自分たちは手を出さずにおこう、でないとあれにやられた御先祖に顔向け出来ないじゃないか、というところへ落ち着いていた。そのうち落ち着かなくなり、自分たちがやられた兵器を自分たちが持てば最強じゃないか、ということに気がついた。気がついたことにした。気がついたふりをした。負けた時代の為政者や軍人を深く深く信奉する現代の政治家たちも順調に落ち着きを捨て去り、軍と共同で兵器の研究、開発の道に踏み込んだ。そのための基地をわざわざ首都近くの広野に建設した。その頃には世界はもう、遊びのようにあちこちでくり返される戦いとあの兵器によってはっきりと濁り始めていた。この国も遊びに乗り遅れないようにささやかに前線参加したり、同盟国のうしろで震えていたりした。攻撃し、反撃された。国が叫んでいた。

基地の司令官に就いたのは、将来(この国にそう呼べる時があればの話だが)の首相候補と言われている若き男の政治家だった。代々政治や軍務に関ってきた名門家系の血筋で、特にその中の一人はあの兵器で負けた戦争のあと、敗戦の罪をおっかぶせられて政府を追い出され、自殺してしまった。戦争はこりごり、あんな兵器には手を出さずにおこう、あんな戦争に関ったやつは追っ払ってしまおう、という落ち着いた国民の声に押し潰されて。この御先祖はその後、丁度同じ時代にやはり無謀な戦争に突き進んで国家を破滅させたあげく愛人とともに自殺したヨーロッパの政治家に重ねられて、歴史に残る悪役となった。この一族はその後も、司令官まで続く間に何人もが国や軍に関る仕事に就き、首相にまで上り詰めた人物もあったが、例の自殺した先祖の汚名を返上するところまではゆかなかった。男は現代の政治家として、また輝ける一族の跡取りとして、歴史を逆転させようと考えた、あの兵器による負けを、あの兵器を持つことによって取り戻すのだと。幸い国民は落ち着きをなくしていた。基地建設に関して積極的に動き回り、金を集め、男は司令官に納まってしまった。

　だが御先祖思いの彼は忘れていた、でなければ知らなかった、でなければ読み違えた、世界の時計の進み具合を。かつて神が作ったと信じられその後、神と一緒に信用されなくなった世界が、それでもどうにか生きてはいるということを。かつていきいきとしてもてはやされた人や物は、なくなりはしない代りになくなるよりも酷（むご）い形でよぼよぼに生き延びることがあるのを。最強とか完全とかいうやつは神の専売特許であることを。

　これまで何度も行われてきた（一回をどういう風に数えるかは難しくてひょっとすると何回起ろうが、大きなやつが一回しか起きていないのかもしれないが）戦争の中で人間は、どうもあの兵器は、持つのも使うのも使ったあともとにかく高くつく、という事実に気がついた。世界がとっくに濁りで覆われたあとではあったが、あの兵器は廃れた。捨てたり壊したりする段階で、戦争に使うのと変りない濁りを大陸ごとに、国家ごとに、犯罪組織ごとに（あの兵器を持っていたのは何も国家ばかりではない。国家がせっかく見せてくれた手本を真似しない組織なんてあるだろうか？）振り撒いた。

この国では司令官だけが基地に居座り、外の世界に構わずあの兵器の研究と実用化を御先祖への供物とすべく挑み続けた。そしてとうとう完成させた……

幽霊みたいな老人たちか老人みたいな幽霊たちかに聞かせられたこの世界の成り立ちはだいたいこんなところだ。

僕が字を読むようになった頃にはもう廃止されていて、古いやつが何枚か街に残っているだけだった新聞には、首相候補だった時の男の写真が載っていた。ひどく目が垂れていた。頬の皮膚もたるんでいた。世界一かわいそうな顔に見えた。それとは別にこの顔が、僕にも身近なあるものに似ているのに気づくのはずっとあと、基地に辿り着いてからだったけれど。

その頃はもう、その頃っていうのは母さんがあんな死に方をしてしまって僕が街を出ることになった頃だけど、安全な食料が底を尽きかけていたのは勿論、どんな危険な夢だって残されてはいなかった。たった一枚の枯葉だって裏返りもしない。風だけあって枯葉がない。生きてる人間の頭から髪の毛が一本抜け落ちて大地に裂け目を作ることも、子を産まずに死んだ女の幽霊が、なんで自分がそんなことをしているのか分らないまま他人の赤ん坊をありもしない長々とした爪で突き刺そうとすることも、もう起りそうになかった。街の人たちは濁りの中でマスクを頼りにどうにか呼吸をしてはいる。百年以上前の御先祖たちが、まだ放射性物質とか大気汚染とか呼ばれていたかわいらしい濁りを遮断していたのと同じやつ。軍が使っている頭部を完全に覆う形の防護マスクなんか誰も持っていない、呼吸以外に何もない生活だっていうのに。でも弱いマスクだってあるのとないのとではえらい違いだ。外すのは家の中だけ、出かける時は絶対にしていなくてはならない。そのうち、食事の時以外は家の中でも外せないようになるのかもしれなかった。

いつか街を通りかかったキャラバンの隊長が濁りに侵された目をこすりながら教えてくれた。西の方は街も野も山も、みんな濁りにやられて街でも野でも山でもなくなっていた。海は南の方にあるにはあるが波も砂浜も濁りの貯蔵庫でしかない。戦争はまだ続いている。しかしこの国がどこでどことどんな風に戦っているのか、はっきりしたことは分らない。政府は首相官邸と、濁りの源である基地を捨てて東へ移動している。司令官があの兵器を完成させたというのは嘘で、基地はなんの役にも立たない巨大な空き家になってしまった。司令官は研究と開発を続けるうち、決定的な失敗と同時にほとんど基地そのものに食い殺されてしまった……

政府が濁りの少しでも薄い方へ薄い方へと居どころを変えているという噂はもう何年も前からあった。ということはそれよりもっと何年も前から、子どもがこっそりとおしっこを漏らしてしまうように動き始めたのだろう。別に政府が悪いわけじゃない。おしっこを止めろっていうのはかわいそうだ。

なんでお前なんかが国とかおしっこのことを偉そうに語れるのかって？　じゃあ他にいったい誰がこの話を語るっていうんだ？　語られない話なんか話じゃない。何も語らない口は口じゃない。だから、話したくないことだって話さなきゃならない。父親が逃げたこと。母さんが殺されたこと。


父親は、風に吹かれるみたいにして街にやってきて、まるで嘘みたいにまた風に飛ばされて、僕が生れてくる前にいなくなってしまったのだと母さんは言っていた。濁った風に吹き寄せられてきた金と物と仕事で街は溢れていたのだそうだ。戦争っていうのは複雑で手の込んだ殺し合い、殺し合いにどれだけ真っ当で綺麗な理由と名前をつけられるかの競争だ。爆撃で建物を壊すのが競争なら建て直すのも競争、戦場に武器と弾薬を運んでは代りに死体の山を引き取ってくるのも真っ当な商売の競争だった。むしろ戦争や血や死体や棺桶(かんおけ)や墓に関らない仕事なんて真っ当じゃないのだろうし、そもそも戦争中にそんな仕事がある筈(はず)がない。父親も風に吹かれて街にやってきてそういう全く真っ当な仕事をしていたらしい。金は持っていた。断っておくが母さんは娼婦でもなんでもない。戦争に関って金を稼ぐのが男で、稼いだ男にくっつくのが女だった。そういう男と女しかいなかった。街は戦争の蜜を一滴残さず吸おうとする人ばかりだった。そうやって僕も生れてきた。

でも戦争はやがて、それまでの機嫌を引っくり返してこの国を傾かせ始めた。政府も軍も名前だけ。夜盗みたいな軍隊、軍隊並みの夜盗。街が枯れた。人より人の足跡が目立つようになった。僕がこの濁った世界に真新しい人間として生れてきた時にはもういなくなっていた父親を、僕は恨んでいない。見たこともない父親を恨むのは、父親の足跡を恨むみたいなものだ。その代り、と言えるかどうか、母さんのことはよく覚えている。育ててくれたから。目の前で殺されたから。育てるのと殺されるのとは、とても一人の人間の身に起ると思えないほどずいぶん違っているけど、死んだ母さんと生きている僕ほどには、大きな違いじゃない。

軍の車が鉄の幽霊のように時折やってきては、一応は安全だとされているチューブ入りの、トウモロコシの味のついた食料と水のボトルを配給していった。街を見限り東へ向う人も出始めていた。僕は自分の年を知らないけどその頃はたぶん十三か十四くらい、学校には行ってなかった。学校に入る前でも出たあとでもなく、父親と同じで学校なんてものは僕が生れる前に消えていたからだ。言葉とか世界のことは老人たちと幽霊たちから教わった。だからこうやって語れる。まだ語っていなかったあの頃といまと、僕の年がどのくらい違っているかは分らない、どのくらい経ったかは。ほとんど経ってないとしても不思議だとは思わない。ついさっきのことみたいなものだから。

外が明るくて母さんがコンロの前に立ってたからたぶんお昼前だった。でもやってきたのはお昼じゃなかった。夜盗という名前で呼ばれているくせに、やつらはこの真っ昼間に街を襲ったのだ。それまでにも、朝になると家畜が何頭も消えていたり畑の野菜がやられたり

（肉も野菜も濁りを吸い込んでいて本当は食べられないけど街では時々食べていた）したことはあったし、街の外側の遠くで銃の音がする夜もあったけど、あれだけ大がかりな襲撃は初めてだった。いつかは来る、他の街でも起ってるんだからと言われていて僕も少しは覚悟していた筈だけど、きっと夜に来るのだろうと決めていたので、本当に来た時にはまるで昼間が真夜中になってしまったみたいだった。昼を盗んで夜に塗り替えるやつらだった。街のいつもの風景が闇に隠れ、沈み、人々の叫びが聞え、闇を掻き混ぜた。やつらは、革で出来た濁りよけのマスクを被せた馬に乗ってやって来た。やつら自身も軍用のマスク姿だった。

　僕は教えられていた通り、生れてくる前の僕自身を真似て、母さんのお腹に逃げ込んだ。勿論ぺったんこに痩せた本当のお腹に入れはしないから、食料だとか畑道具だとかを詰め込んである、部屋の壁に作られた小さな戸棚の中だった。危なくなったら入れと母さんはいつも言っていた、母さんのお腹だと思って覚えておきなさいと。この世界で子どもが危ない目を逃れるには確かに、戻れるわけがない母親のお腹に戻りでもするしかない。

　戸棚の鉄の扉を母さんが外側から体を押しつけて閉めた途端に、家の、といっても小屋でしかなかったが、出入口の板戸が破られて夜盗たちの声と足音が飛び込んできた。暗くてにおう狭い戸棚の中で僕はじっとしていた。なんで平気だったんだろうってあとで思ったけど、その時は生れ方を知らないみたいに、知ってはいるけど外の世界がどんなところかもやっぱり知っていて絶対に生れたくないみたいに、自分の呼吸よ消えろとばかりに息を小さくしてじっとしていた。テーブルと椅子、ほんの少しの食器やなんかが砕け終ると、男たちの、僕にはとても真似の出来ない自由な、大きな呼吸、唸り声、笑い声が響いた。合間に母さんの震える呼吸が聞えた。僕の周りの闇が震えた。戸棚の扉が母さんの体の震えを伝えていたからだ。なんとかしなきゃなんて気持は、やっぱりこれっぽっちも浮んではこなかった。

早く、しろ。なんでもいいから、早くしろ。じゃないと息が思い切り出来ない。何をどうしてほしいかなんて分らない。母さんだろうが夜盗だろうが、とにかく誰かが、ここで起っている何かを、早く終らせてくれればいい。それだけだった。

そんなことある筈がないって？　外の世界がどれだけ危なかろうが腹からきちんと生れて母親を助けようとしない息子なんているわけがないって？　じゃあ僕はこの世界にいるわけがないたった一人のロクでもない息子ってことだ。

戸棚の扉が軋む。男たちの呼吸、笑い。なんにもないから出ていって下さい、という母さんの声。声だとは思えないくらい細いのにしっかり聞える声。出さないでくれと口を塞いでやりたくなる、夢みたいに意味のない声。

なんにもないなんてことあるか、立派に体が一つあるじゃねえか。運の悪いことに男の一人が言った声には、いやな意味があった。笑いがぴたっと止む。笑いと一緒に世界が止ってしまったその瞬間を、すごくよく覚えている。濁った風だって止ってたんじゃないだろうか。母さんの呼吸と震え。闇。

いきなり扉が激しく揺れた。母さんが、母さんの体が、ほんのちょっと先で呻いていた。僕は腹の中の闇でじっとしていた。母さんは扉に圧しつけられ、また圧しつけられ、何回も崩れ落ちるらしくその度にまた圧しつけられた。男たちが何人も入れ替って母さんを圧しつけた。呻き声が止んで、単に喉を空気が出入りする音だけになったあとも何度か。母さんの体に押された扉がめりめりと闇をへこませた。僕を産みたがっている筈の母さんの腹が、生れる気をなくしてしまった息子に応えて腹の中に留まらせようとするみたいだった。

扉の揺れが止ったあと、男たちの一人が、行くか連隊長、と言った。呼ばれた方も、ああ、そいじゃ行くか、と答えた。そいじゃ行くか。いかにも一仕事すませた人間が口にしそうな、のんびりした、余分な力のない、穏やかな、全然怖くない声だった。

でも男たちはすぐには出てゆかなかった。一人が、扉に食い込んでいた母さんを引き剝がした。扉が何度も揺さぶられた。開かねえな、開かねえな、としつこかったが、どうやら母さんが圧しつけられた時にうまく壊れてくれたらしく、とうとう男たちは小屋を出て、遠ざかっていった。僕は母さんの呼吸を聞きながら、やっぱりすぐに出ようとはせず、闇を思い切り吸ったり吐いたりした。

うまく壊れた扉だからうまくは開かなかった。押した。蹴った。この扉はいままで間違った使われ方をしていたのでありこうして閉じられっ放しなのが本当の姿だとでもいうようだった。開かない扉、産まないお腹。母親を助けようともしない息子は、望み通りお腹の中に入ったまま外の世界には出られない。だけど出たかった。さっきまで出る気がなかったのが本当なら、出たくなったのも本当だった。どっちか嘘ならよさそうなのにどっちも本当だった。殴った。拳が痺れても殴った。

何かが外れる音がした。扉の真ん中の合せ目は動いていなかったが反対に蝶番(ちょうつがい)の部分が壊れかけてぐらついていた。そこを目がけて殴った。金具とねじ釘で手の皮膚が裂けた。腕にも傷が出来、血が吹いた。やっと開いた隙間から手を外へ出した。

　母さんの手が僕の腕を摑んだ。顔は見えなかった。母さんの手も血だらけで、絡まり合ってどちらの血だか分らなくなった。

「出るなら、母さんが死んでからに、して。見られたく、ない。」

　僕の腕を押し戻そうとする母さんの力はものすごく強かったので怖かったけど、少しの間だった。母さんの手から力いっぱい腕を引き抜いて扉に体当りした。二度目で蝶番が弾け、扉の外へ転がり出た。

　母さんは鼻と口から血を流し、血以外にも何かねばねばしたものを体にまとわせていた。血もそれも乾いてゆくらしかった。裂けた服を手で掻き合せている胸のあたりも血だらけだった。母さんのお腹から漸(ようや)く外へ出た僕が見た光景がこれだった。

　まだ子どもだった僕にも（これを語っているいまだって自分が本当は何歳なのか知らないのだけれど）母さんがどういう目に遭ったかはだいたい分った。街の子どもたちは誰でも知っている。街の男と女が馬小屋の隅でしているのも見たし、馬と馬とがしているのも見た。男と女の腰がくっつくと何が起るのか、だいたいは、分っている。女たちは大抵いやがって泣いている。時には女が、嬉しそうなのと苦しそうなのが混った声を出したりもする。男も声を出すけど女よりずっと短い。

でも街の男と女がする時は血だらけになったりはしない。血と血以外のものをまとわせている母さんを見て、言った通りにしてやればよかった、出てくるんじゃなかったと思った。母さんのためにも、僕のためにも、きっとならなかった。でももう一度闇の中、母さんのお腹に戻って自分を生れさせない、なんて無理だった。

すぐ傍に膝をついて見下ろす僕を、母さんは諦めたように見ていた。本当は、諦めるのよりもっと全てを手放した状態だったかもしれない、生きていながら命を完全に投げ出してしまっているような。本当に子どもを産んだばかりのような。血と血以外のもので覆われた顔がまだどうにか顔である証拠に母さんが言った。

「見ないでって、言ったけど、でも……」

僕は母さんの手を握った。硬くて冷たくて何も言えなかった。言いたいことなんかきっと何もなかった。でも世界が世界であるのと同じく、母さんはまだどうにか母さんだった。

「殺して。」

「出来ないよ。」

「違う、あいつらを全部、ちゃんと、殺しなさい。」

「出来るかな。」

「いいから、殺しなさい。」

困ったことになりそうだと思いながらずっと手を握っていた。お互いの力が強過ぎて二つの手が混り合ってしまいそうだった。

街のあちこちから泣き声が細く聞えていた。夜盗は物と命に加えて、街を街として成り立たせていた時間まで持っていったらしかった。何かが焦げるにおいがした。でも、家の前の道を白っぽい塊がいくつか通り過ぎていったのは煙ではなく、さっきまで生きていた人たちだった。なりたての幽霊だからぼんやりした姿なのだろう。

夜が来た。手と手にはまだ力が籠っていた。闇になってどのくらい経ったか、僕の手の力が緩んだ。母さんの手が簡単に落ちた。血と血以外のもので出来た顔は、いつの間にかもう顔ではなくなっていたのだ。

翌朝、墓地へ運んだ。街は、崩れ、裂け、溶けていた。もっとも、もうずいぶん前からそういう街ではあったから、街がもっと街らしくなったとでも言った方がいいか。生きている人間も転がっている体も、濁りに沈んでいた。

墓地といっても墓守なんかいなくて、ただ街の人たちが死体を埋めるだけの場所だった。きのうの襲撃に遭ってやはり死体を埋めなければならなくなった人たちの手を借りて、僕も穴を掘った。

「小僧、お前、あいつを見たか。」

物も人間も売り捌(さば)く商売をしている男が、家族ではなさそうな女の体を埋めながら言った。片手と赤い服が土の上に出ていた。

「お前のお袋をやったやつだよ。」

「声は聞いたけど顔は見てない。」

「俺は見たぜ。作り物の左目がゴーグルの向うでギラギラしててな。あれはたぶん、目の前のものじゃなく、きのうとか明日とかを見てる目だな。」

僕の体はおかしいくらい大きく震えていた。母さんが何をされたかだいたい分っていてこの男がそれを見たってことに、逃げ出しも止めに入りもしないで見てたってことに、少しは腹が立った。母さんが何重にも痛めつけられた感じがした。でも結局、男を殴ったりはしなかった。女の手と服が覗(のぞ)いている墓穴に突き落しもしなかった。出来なかった。男は話の途中で体が透けて向う側が丸見えになったり全身の輪郭が出たり消えたりした。生きてる僕にこれだけ得意そうに話すところを見ると、自分が幽霊になったことにまだ気づいていないのだ。女の幽霊はどこにもいなかった。男は女の手と服が見えなくなるまで土をかけて消えた。

死んだ女を埋めるのが男の役割らしかったがもしかすると幽霊の役割かもしれず、自分の手足が透けていないかどうか時々確めながら、掘った穴に母さんの体を寝かせ、土をかけた。軽い音で積った。顔も硬く乾いていた。

でも、出来たばかりの小さな墓の上に母さんがまだぼんやりと立っていたので困った。埋めるだけでは駄目らしい。声に出して呼んでみたが風に揺れているばかりなので次は胸の中だけで呼んだが反応はなかった。次は呼ばずに、ただ顔を見た。目が合ったと感じる前かあとかに、死ぬ時に母さんが言ったことを思い出した。目が合うのと、あいつらを全部、ちゃんと、殺しなさい、を思い出すのが同じことだというのは何か変だが僕にはこの二つがほとんど同時に起ったのだ。でもやっぱり母さんは消えてはくれなかった。生き残った人たちは、夜盗に襲われたのが街を捨てる口実にでもなったように、西から来る濁りを避けて東へ向って出発してゆき、壊れ残った街並と、痩せた体に命と濁りを封じ込めた家畜と、作りたての墓ばかりが目立つようになってからも、母さんは漂って消えず何も言わなかった。

骨になった街にしがみつく人たちもいた。芽も実もとうてい期待出来っこない畑や燃料の切れたかまどの前でじっとしていた。うるさいほど繁った畑や先祖代々燃え続けるかまどの火が見えているらしかった。そういう幻は、幽霊が見えるよりももっと新しくて懐しくて酷たらしかったことだろう。生き残った女たちの中には、盛大に破れた服をもう一度まとって、やはり来るあてのない、夜盗とは全く種類の違う男がやってくる筈の広野に目を据える者もいた。

教会は僕がずっと小さかった頃から空っぽで、誰も寄りつかなかった。鐘もなかった。今度の襲撃でも夜盗にさえ見放されていた。止る鳥のいない塔が空をかすかに刺していた。空に血は流れなかった。灰色の雲が高く速く流れていた。街を出る人たちは水のボトルと食料のチューブを奪い合って夜盗たちの千分の一ほどの騒ぎを起していたがそのうち静かになった。その間にも勿論、夜盗が持っていったと思っていたずいぶんたくさんの時間が、目の前を通り過ぎていった。苛々(いらいら)した。僕は一人前に街を出たがっていたのだ。

あの戸棚にあったボトルとチューブをリュックに詰めた。街の中をあちこち確めたけど安全な食べ物はもうどこにもなかった。井戸には水があった。これを汲み上げて沸騰させて空のボトルに入れようか。ならいっそのこと汚れた水と食べ物を頼りにここで暮して幽霊になるのを待つっていうのはどうだろう。世界はたぶんどこへ行ってもこことあんまり違ってはいない。世界がこの街にすっぽり納まってるのと同じだ。

　漂っていた母さんが、向うが透けて見える顔を歪ませた。何も言わず空中を滑って、民家や納屋が立ち並んだ一角の小道へ消え、すぐに戻ってきて僕の目の前を行ったり来たりして、また小道のところまで滑ってゆき、こっちを見る。喋ってくれれば早いのに、と思うだけで僕もやっぱり喋らずに立ち上がり、井戸の傍を離れ、母さんを追った。温かい糞の匂いがしてきた。

　母さんが窓から入った木造の小屋の扉のところで、僕は馬に驚いて立ち止った。まだ使えそうなやつは夜盗が全部連れていって残っているわけがなかったのだ。母さんは窓に腰かけているからどうやら母さんの生れ変りではないらしい。皮の下から骨の形が浮き出ているが目は生きていた。鞍を固定するベルトや尻がい、手綱もついていて十分使えそうだった。

　小屋の反対側から苦しそうな声がしたので行ってみると、男が一人、小屋の壁板に凭れて座り込んでいた。街の者ではなさそうだった。マスクはしていなかった。服が血まみれだった。周りの地面も赤黒かった。苦しそうな声が止んだ。僕は風の音を聞きながら男を見ていた。どうにか助からないものだろうかと考え、すぐに、男が死体になっていると分った。もし生きていたら僕を殺すかもしれなかったが死んでいた。

　馬は男のものだったのだろうか。それとも誰かの馬を頂戴しようとして撃たれたのか。その誰かは馬を残してどこへ消えたのだろう。どうあれあんまり縁起のいい馬じゃないらしい。

小屋では、母さんがまだ窓に腰かけている。

これは母さんのしわざなの？　馬を見つけて、男を殺してくれたってわけ？

母さんは喋らない。代りに僕はまたあの言葉を思い出していた。ここで思い出させるというのも母さんのしわざの一つだろうか。この男を殺すくらいの銃弾をもってるんなら自分で自分の仇（かたき）を討てばよさそうだが、母さんの言葉を思い出しているのは母さんじゃなく僕だった。

僕はその言葉をよく確めてからズボンのポケットに一度入れかけたが穴が開いていたので、いろいろ迷ったあと、結局、あばら骨の隙間あたりに隠し、中身の詰ったリュックを鞍にくくりつけ、痩せた馬に跨（また）がり、東へ向って街を出た。軍人だろうが夜盗だろうが街を捨てた人間だろうが、まだ幽霊になってさえいなければ、基地がある西へは行かない、西っていう方角がなくなってしまったみたいに。

でも、どうしようもなく当り前だけど、西はなくなってはいなくて、僕もやがて西へ行くことになる。いまはとりあえず東へ行った話をしておかなくてはならない。東へ行かなければ西へ向いはしなかったからだ。基地を見ることも司令官と対決することも、それからハセガワに出会うことも、たぶんなかったってことだ。

丸一日近くかかって線路まで辿り着いた。太陽の位置を見れば逃げる方向である東がどちらかは分るのだけれど、東西をつないでいる線路を頼りに、確実で一番短い道を行きたかったのだ。

だが東へ行くというのが正常なことかどうかは正直、疑問だった。このあたりよりは東の方が濁りが薄い。政府がそっちへ逃げたのだから間違いはない。東へ行く理由はただそれだけしかないのだ。

列車は走っていない。線路はところどころ焼けたり切れたりしている。東が安全なのだとして、いったいどこまで行けばいいか。駅が見えるまでか、街が現れるまでか。東の果に待っているそれらは、まともな駅や街であってくれるだろうか。まともな駅や街？　列車がひっきりなしに出たり入ったりして人や車が行き来する？　人の顔にはマスクがないんだろうか！

馬の踏む地面は乾いていた。どこまで行っても同じような灰色だった。馬を長持ちさせるため、時々は自分の足で歩いた。馬の足は特に速くもならなかったが僕が幽霊でないなら一人分は軽くなっている筈だった。

街を出て六日目か七日目に初めて雨が降った。浅い水溜りに口をつける馬を黙って見ていた。道の途中、わずかに地表から顔を出している草や枯木に残る葉を食べるのも、僕は止めなかった。馬に濁りが溜ってゆくのを許した。僕の水と食料は分けたくない。次にいつ調達出来るか分りはしなかった。痩せた馬が嬉しそうに歯と舌と喉を使う様子を見続けた。生き物の食欲が生き物自身を濁りで埋めてゆく。僕はマスクをずらし、チューブをほんの一口だけ啜る。これだっていつまで持つか分らないのに、馬相手のささやかな盗み食いは僕の体を着実に満たしてくれた。濁りに気づかない生き物と安全な食事にありついた自分を比べて安心し、寂しかった。それでも食べた。

　その時はまだ線路が消えてはいなかった。僕は馬と闘っていた。時々降りてやればいいだけだったのがそのうちずっと轡を取って横を歩かなければならなくなり、暫くすると度々立ち止って動かなくなるという風になってきた。その小さな丘の横を通り過ぎたあとも、石の多い地面にかかってきたためかどうやっても足を動かそうとしなくなった。思い切ってボトルの水を掌に溜めて飲ませたりもしたが効かなかった。あとで思い出したのだがこの時、確かに何かが弾けて壊れるような音を聞いたのだった。だがその瞬間は音を聞いた気がしただけらしいと思っていた。音なんか世界のどこからも聞えるわけがなかったから。無駄に体力を使わず、今日はここで夜を過そうかと、周りを見渡しながら傍の岩に腰を下ろしかけた。

　僕は煙を見た。さっき横を通り過ぎた丘の向う、つまりどちらかというと西の方から、一本の煙が上がっていた。根本は丘に隠れている。

　座ろうとした中腰のまま固まっていた。煙の下には、少なくとも火がある。たぶん他の何かも。僕が通り過ぎたあと、ついいましがた何かが起ったのだ。誰だろう。軍のパトロールだろうか。でもこのあたりに見回っておかなければならない場所などない。夜盗を追って――ではなく夜盗団そのものか。しかしこっちはまだ見つかっていない。丘は広野に一つだけで、遠くに連なっている山々とはつながっておらず、身を隠せる小屋も柵も井戸もない。丘の幅を出ず向うから見えないようにこのまま東へ行くのがよさそうだが、歩かない馬を無理に引っ張ると足音や声が伝わってしまうかもしれない。馬を捨てて逃げようか。だが馬なしでは安全なところまで逃げ切るのは無理だ。たぶん、馬があったとしても。

考えながら中腰に疲れ、でも岩に尻をつけはせず、傍にしゃがんだ。

煙は上がり続けた。日は西へ寄り丘の影が広がってきた。馬は地面に突き刺さっていた。どこからも、誰も何もやってこなかった。

遠くでふと何かが鳴いた。丘の方からの気もしたがたぶん違っていた。どの方角か確めたかったがもう鳴かなかった。音ではなく何かの声、遠くから聞えた、この二つだけは確かだった、遠くが、まるですぐ近くであるかのように。北の空に鳥が飛んでいたが、あれは鳥の声ではなかった。

煙は細くなったがまだ上がっていた。馬の足音や声が響こうが、とにかく丘をあとにして東へ進めばよさそうな僕が、あの煙がなんなのかはっきり見てやろうと立ち上がったのは、自分を追ってくるかもしれない煙の主を見極めて逃げ方を決めたいのもあったが、とにかくあそこには何かがある、水や食料なら一番いいが一番いいものでなくても、と思ったからだ。夜盗ではありませんようにと、神を信じてもいないのに祈った。馬は気になったがそのままにして丘を目差して歩いた。

見た目より距離があった。石に足を取られて転びそうになる度に丘から遠ざかる気がした。

真っすぐのつもりがうねって歩いているのかもしれなかった。

　傾斜が始まった。破れかけの重たいブーツの周りで小石が崩れ落ちていった。汗が濁りを吸い寄せそうだった。呼吸が荒くなるのも肺まで吸い込みそうでいやだった。頂上は急過ぎて登れないので、丘の端の方が低く伸びている場所まで来ると、煙の上がっている向う側へ頭だけ突き出してみた。

　夕日が溜っていた。遠くに山が連なっていた。丘の下で車が一台燃えていた。軍のものらしかった。誰の姿もなかった。車の中に動かない人間の体があるだけだった。丘の土と石に手をあてがい、暫く見ていた。山と夕日と広野、黒焦げの車と死体、少しの風と濁り。じっとしていた。世界が広がっていた。自分がいた西の街は見えなかった。

　世界を感じ終るとまた車を見た。周囲には破片が飛び散っていた。事故ではなさそうだ。さっき、自分は本当に音を聞いたのだ。車をこうした誰かは、積んである食料や武器を残らず持っていっただろう。そうでなくてもこれだけの燃え方だから使えそうなものはきっと何もない。あたりを見回しても、何も動いていなかった。怖かった。でも何かが動けば怖くない、とは言えなかった。丘を下って車を確めようかと迷い、残してきた馬の方を振り向いた。

　馬の横に人が立っていた。こちらに銃を向けているのがすぐ分った。僕の左腰のぶ厚い革の鞘（さや）に入っているナイフは大きかったが、いまのところ刃物の大きさにはなんの意味もなさそうだった。車を襲ったのはあいつだろうか。

　構えてはいるが撃たない。ひょっとすると向うもこっちを恐れているのかもしれない。といったって僕にはナイフだけ、向うには軍用車を一台黒焦げにしたという腕前がある。

人影が動いたので頭を下げてよけようとしたが銃声はしなかった。片方の腕を曲げたり伸ばしたりしているのだ。こちらへ来いということらしい。

また遠くの方からあの鳴き声が聞えたが、僕は足を止めなかった。

歩き始めた時からそうじゃないかと思っていたが近づくと軍の戦闘服であることがはっきりした。防弾ジャケットには穴と傷があった。ゴーグルはヘルメットの方に上げてあったが顔の下半分は防護マスクで隠されていた。

「止れ。」

女だった。僕より背が高く肩も逞しく張っていた。

「お前もか。」

「何が。」

「お前もかと訊いている。」

「だから何が。」

「お前も基地を逃げ出したんだろうが。」

僕よりかなり年上だった。

「基地？　僕は自分の住んでた街を出て東へ行く。」

「街？　ゴミ溜めのことか。」

「その呼び方はやめろ。」

「いまはゴミも溜ってないがらんどうだろ。あんなところに人が生き残ってた筈がない。お前も基地を捨てて逃げる途中だな？　国の危機に身勝手な。」

「僕は基地になんか行ったこともない。」

「正直に言わないと本当に撃つ。」

馬が尾を振って僕を見た。

「撃つならとっくに撃ってるんじゃない？　撃たれたくないけど。でもそうだよね。僕をさっさと片づけて水と食料を奪えばいい。なのにしてない。」

僕は自分が、まるで幽霊になってしまったみたいにこんなとんでもない言い方をするなんて思ってもみなかった。

馬が耳を動かした。頭もぐっと斜め上に持ち上げて何かを聞こうとし、また頭を下げた。あたりは再び僕と女に引き戻された。

銃を持つ手が正確な装置のように一定の速度でゆっくりと下がるのを見た。こちらへ向けられていた状態よりもいまの方が、重みが感じられて武器らしかった。

「水と食料なら私の方が持っている。撃たれるとしたらこっちの方かもな。」

うしろの地面にはここまで背負ってきたのか、それにしては大き過ぎる背嚢(はいのう)が横倒しになっていた。日暮だった。

「僕は撃てないよ。銃がないんだから。あっても撃てないかもしれないし。」

「あっても撃てない？　どういうことだ？」

「僕は撃ったことも、持ったことだってない。だからここにあったとしても、ないのと同じ。」

「私に撃たれるとしてもか？」

「僕が撃つ前に間違いなく僕を撃てるだろ、兵士なんだから。あんたは撃たなかったけどね。」

「東へ行くと言ったが——何だ、何がおかしい。」

「ごめんなさい。なんで自分がこんなに喋ってるのか分ったんだ。久しぶりに生きてる人間と喋れて嬉しいんだ、きっと。」

「ゴミ——お前の街には他に誰もいないのか。」

「いるけど、どうなったかは知らない。捨てた。」

「なぜ東へ行く。」

「だって基地と首都から離れれば濁りは薄いんだろ。だから政府も東に逃げてる。」

女は悔しそうに目許を歪めた。

「西も東もない。この国の濁りの濃度はどこも変らない。政府はとっくに濃度の薄い海外へ逃げて、御立派な臨時政権を作っている。そこだっていつまで持つか……」

「軍も逃げてるの？　あんたも？」

女の肩が一瞬震えて銃を持つ手がまた上がりそうになったが、

「お前の言う通りだ。逃げている。私も逃げる途中だったが、戻らねばと思った。本当だ。

だから仲間を……お前も見ただろ。」

「丘の向うのだね。誰にも言わないよ。」

「闇雲な仲間割れだと思うな。私のやったことは許されはしないが、基地を空にせよという命令にはどうしても従えなかった。」

「基地にはもう司令官もいないの？」

「いや。」

「いるんだね？」

「あれを司令官と呼べればだが。お前、いくつだ。」

「十四くらいだと思う。」

「親は。」

「親が何？」

「家族はどこにいる。」

「いたけど、いなくなった。」

「そうか。」

女は急に呼吸を引きつらせると何度も大きな咳をした。

「私はハセガワ。お前は。」

僕は少しの間、女が何を言ったのか気づかなかった。

「名前を訊いてるの？」

「そうだ。」

「タイチ。」

「長男か？」

「知らない。」

「もう夜だ。お前、防寒着は。」

「持ってない。」

ハセガワの着ているものは確かに、重そうだけど温かそうでもあった。

軍用のぶ厚いシートにくるまって聞いたハセガワの話は、途中眠くて聞き損ねそうになったけど、だいたいこんな風だった。


兵士として戦場に送られたこともあるが最前線に立つ前に内地に呼び戻された。女は子どもを産んでこそ国家に貢献出来る、これが政府の信念であり理想だった。戦場で死ぬ、内地で産む、これをくり返してさえいれば国は維持される。国家とは戦争であり戦争とは国民であり国民とは数である。まずは軍こそが国民増加の手本となるべきである。女兵士たちは順番に呼び戻された。ハセガワは回ってきた順番を押し返そうとし、押し返し切れずに基地配属という任務となった。司令官は例の兵器の実戦配備を本気で目差しているといわれたが、国家がほとんど分解しかけている現状では基地は、必要な物資の調達も不可能な絶望的な施設、戦場並みかそれ以上の危険な場所と化している。ハセガワのようにせっかく回ってきた順番を無視するといった服務規程違反者が、懲罰代りに送り込まれてくる場合も多い。

　例の兵器がすでに時代遅れとなってしまっている以上、国にとって基地は負担だった。都合がいいことに司令官は、兵器に執着し過ぎたあまり、とうとうひどいことになった。部下と会話することも命令を下すことも不可能。出来なくはない筈だが本人にその意思も意欲もない。最高責任者の不幸を利用し、軍指導部は基地閉鎖を決定した。政権からの指示があったわけではない。軍が司令官ごと基地を見捨てただけだ。基地配属の人員は退去を命じられた。ハセガワも同僚二人と車で基地を出た。

「それがお前も見たあの車だ。同僚と言い争いになった。私は基地に戻りたかった。車がなければ戻れない。同僚も車がなければこの先どこへも行けない、どこへ行こうと同じだがな。つまり車の奪い合いになって、撃って、殺した。おまけに撃った弾が燃料タンクに当って私自身も車を使えなくなった。そのまま逃がしてやるべきだった。命令違反は私の方だというのに。だがな、これは言い訳じゃない、どうしてもああしなければならなかった。基地に戻るためだ。」

「司令官が心配なんだね。」

「心配だからじゃない、殺すために戻る。」

　人を殺したいっていう女がもう一人いたわけだ。ハセガワは戦闘服の内側の奥の方から小さな袋を取り出した。ゴム製で、口を溶かして封じてあった。

「これで司令官の息の根が止められる。上に知れれば司令官を殺す前にこっちが殺されるか、軍が基地を破壊するかもしれない。それに基地の周りにはもともと夜盗が集まってる。運ばれてくる食料を奪うためだ。空になった基地でいま頃やつらが何をしてるか分かったものじゃない。基地を廃棄しなくてはならない。だから、殺す。」

「軍が司令官を殺すのは駄目なの？」

袋を目の高さに上げて、

「これでやれば濁りの新たな拡散はない。軍の爆撃だとどんな影響が出るか分からない。いまさら濁りの濃い薄いを言っても無意味かもしれないが基地にいた者の責任がある。自分の手で決着させたい。まだ残っている女たちを救うためにも。」

「女たち？　一緒に逃げなかったの？」

「無理だ、ああなってしまっては。」

「なんなの？」

「女の一番の苦しみだ。訊くな、いいか。」

もっと別の、一番訊きたいことを訊いた。

「僕を殺さない？」

合った目を一度外したハセガワはまた僕を見て、

「お前はそのナイフ以外持っていない。力も武器も私が上だ。殺さない。殺す状況になりようがない。」

「もし他に持ってたら？」

「馬につけてある荷物は調べた。それとも何か隠してるのか。」

「何もない。僕には何もない。」

「だったら殺しはしない。」

「一度人を殺してしまった人間はまたやってしまうんだって。」

街の老人か幽霊のどっちかから聞いたとは言えなかった。

「敵を殺さずに味方を殺したんだからお前の言う通り、私はもうあと戻り出来ない人間かもしれない。だがお前は殺さない。」

ハセガワがそう言ったのは、十五分くらい二人とも黙っていて僕が眠りかけていた時だった。

あの何かが鳴いていた。ハセガワが咳をしていた。僕も少しした。それから、母さんのことを話した。


朝になると馬が死んでいた。

「僕がボトルとチューブを分けてやらなかったからだ。」

泣いている僕にハセガワは信じられないことを言った。

「神が召したんだ。」

「本当にそう思ってるの？　信じてるの？」

「信じていたが信じなくなった。基地にいるとたいていそうなる。信じないなら名を口にしてもならないが。」

ハセガワは馬につけてある荷物のほとんどを自分の背嚢にくくりつけ、余ったやつを僕のリュックの傍に置いたりしながら、馬の死体に手を当てて食べたらおいしいだろうなと考えている僕を見ていた。

「悪いが水と食料を貰った。ここに出しておいたのがお前が背負えるくらいの分量だろう。余分に背負っても途中で捨てるか歩けなくなるかだ。これでもお前には重いだろうが暫くは持つ。それまでにどこか人の残っている場所へ着くしかない。ここからだと真東から少し南寄りの方角に軍の倉庫街がある。もう使われなくなってるかもしれないが、人が残ってる可能性はある。」

背嚢を装着し終ったハセガワは、一度歩き出しかけた足を戻して僕を見下ろした。

「神に祈ったからな。」

「何を。」

「お前のことを。」と言ってから咳をした。

「信じてないのに？」

ハセガワは答えなかった。歩き出しもしなかった。僕はどうしても言いたいことがあったがそれとは全く反対のことを訊いていた。

「行くんだね。」

「私がいなくなっても大丈夫か。」

「だって行かなきゃならないんだろ。だったら行った方がいいんじゃない？」

「離れ離れになってもいいかと訊いている。」

ハセガワも本当に言いたいことを言ってないらしかった。黙って目を見合った。こんなに長く誰かと目を合せていたのは母さんが生きていた時以来だった。どうしてだか恥しかった。咳をしたハセガワが体をゆっくりと回転させて背嚢を見せ、両肩にかかるベルトの位置をほんのちょっとだけ直し、僕に横顔を見せたあと、西に向って歩き出した。僕は喉に絡む粘っこい唾液を飲み込むと、

「西も東も濁りの濃さは変らないんだよね。」

立ち止ったハセガワの傍まで歩いていって、

「僕も行く。」

「来ない方がいい。」

「怖いんだ。一人で街を出た時はそうでもなかったのにいまはすごく怖い。」

「お前のいた街よりまだ西へずっと行く。それでも大丈夫か。」

「だってハセガワの方がボトルもチューブもたくさん持ってるだろ。」

初めてハセガワの名前を言ってみたが別になんともなかった。マスクの呼吸音二つが交互に聞えた。

二人で西に歩き出した。水と食料は我ながらうまい口実だった。おかげでハセガワも僕も

一番言いたかったことを言わずに、思い通り、離れ離れにならずにすんだ。

基地へ行こうと決めたのは夜盗が集まっていると知ったからでもあった。母さんが殺してほしいやつがいるかどうか全然分からないけど。

ハセガワの体も僕と同じようにかなり臭かった。僕とは違う匂いもした。


道は、ハセガワが同僚と脱出してきた逆を行けばいいだけだった。それにハセガワの時計には方位計も備わっていた。あとは地図と太陽でなんとかなると言った。

僕の街はハセガワが示した行程からはかなりずれた位置なので通らないことになった。

「本当にいいか。少しの時間なら寄れる。」

「いいよ、なんにもないから。ボトルもチューブも、全然ないから。」

一日目は僕が来たのと同じ道だったが、二日目からは基地へ向って全然別の道を行くことになったので、知らない風景だった。知っている場所と大きな違いのない広野と丘ではあった。風と枯草が動いていた。

捨ててきた街がかなり遠くで濁りに包まれていた。見ただけで、足を止めはしなかった。いま歩いている道から枝分れした一本が街と結ばれるあたりに何かが立ってこっちを眺めているようだったが、僕がそう感じただけに違いなかった。

いくら振り向いても街が見えなくなり、あれは街の幻だったのかもしれないと思った頃、ハセガワがこの先の道のりを話した。まっすぐ行けば小さな谷とまだ涸れていない泉に行き当る。水は当然綺麗とは言えないが飲めなくはない。また先へ行くと小さな集落や道沿いの店もあるから収穫はあるかもしれない。期待は出来ない。基地を脱出して車で横を通過したが人や物の気配はなかった。だがとにかく行ってみなければならない。注意すべきは夜盗と獣。

「時々聞えてるあの声はなんの動物。」

「私も聞いたことがない。神が叫んでるのか、神に背いた何かが吠えてるかだ。」

「違うと思う。」

「じゃあなんだ。」

「分らない。」

ハセガワが車で来た道を歩いてゆくのだから、背嚢とリュックにいくら詰め込んでいるかといっても十分とは思えなかった。一日に一度か二度、食べて飲んだ。神様はお腹が空いたり喉が渇いたりはしないだろう。

あの何かの鳴き声や遠くの空を行く鳥か鳥の影を別にして初めて動物に出くわしたのは、ハセガワと一緒になってから四日目だったと思う。ハセガワに時計で時間を確認してもらうことがだんだん増えた。僕も神様は信じていなかったがハセガワには頼っていた。あとで考えればボトルとチューブだって、ハセガワに注意してもらわなければ基地に着くまでに全部なくなっていたかもしれない。ハセガワは僕を頼ってはいなかった。それじゃあいったいどう思っていたんだろう。信じなくなった神様と基地の司令官と僕とは、ハセガワにとってどういう順番でどういう相手だったんだろう。

出くわしたというより、見つけたっていうのが本当だ。太陽が空の中央にかかってきた頃だった。道から逸れた広野に歩み入って進んでいったハセガワが、足を止めて何かを見下ろしている。僕も歩いた。足を速めたがなかなか辿り着かなかった。咳が出て膝が痛かった。枯草が、体に触れる端から崩れて消えた。

横まで来た僕を見たハセガワが目を下に戻した。動物だった。動かなかった。骨になっていたからだ。体の背の方だけが地面の上に出ていて腹の側は土に埋もれていた。いままで見た一番大きな雄牛の三倍はありそうだった。角はなかった。目玉があったところの穴は頭の骨の三分の一くらいあった。口は長くて尖っていた。目玉の穴にもあばらの隙間にも土がみっしり詰っていた。前脚は土の表面に平べったく伸びていて、細長い指はそれぞればらばらな方向を差していた。尾の骨は太く、先端の部分は脚の指よりもしっかりと広がっていた。うしろ脚はなかった。

動かないものを見つけたのはハセガワの撃った車と同じだったけど、今度は何か、全然意味がなかった。

ハセガワは周りを歩いたあと、しゃがんで骨の隙間に詰った土を曲げた指の関節で叩き、石と同じくらい硬いのを確めて立ち上がった。

「何もないな。」

人の記憶の切れっ端とか濁りにまとわりつかれて時計から剝がれ落ちた時間とかを探して見つからなかったかのようだった。

「ないことはないよ。骨があるよ。」

「私を、笑わせようとしてるのか？」

ハセガワは全然笑っていなかった。

「牛じゃないよね。何かな。」

「陸の生き物じゃない。」

「なんでここにいるの。」

「恐しく大きな波で打ち上げられてきたか、ここがもともと海で、水が短時間で干上がってしまったか。」

「どっちにしてもすごく怖いね。」と僕は言って頭の骨を軽く蹴った。岩みたいだった。何もなかった。何も動かなかった。ハセガワが、驚きを抑えた声で言った。

「泣きそうだぞ。」

「教えてくれなくていい。ただちょっと寂しいだけだと思う。」

「寂しいとは、ずいぶん上等な感情だな。」

「そうかな。」

「何もないこんなところで寂しがるというのは、上等だ。骨がある、か。車で通ってると気づかないものだな。骨より車の方がありがたいが。」

谷と泉はなかなか現れなかった。代りにあの鳴き声が何度も聞えた。一度、声の方角の地平線に黒い目蓋（まぶた）のような大きな影が持ち上がってすぐ引っ込んだ。神様がこっちを見たのかと思った。太陽も、あっちとこっちを出入りし続けた。

夢も見た。誰かが火にかけた鍋の中身を掻き混ぜてずっと笑っていた。昼間、土の道を黙って歩いている時、ハセガワが、

「お前、今朝、何か言いながら目を覚ましたな。」

「何を？」

「聞き取れなかった。」

「ほんとは聞えたんじゃない？」

「何を見た。」

「誰かがいた。何か食べた。温かかったみたい。」

「母親だったのか。」

「顔ははっきり見えなかった。」

「呼びかけてる風だったな。」

「母さんに？」

「一番大事な、懐しい人に向って。」

「ハセガワも誰かを呼ぶ？」

「夢の中では呼ばない。目が覚めてから呟くことはある。」

「誰を思い出すの？　思い出せる人がいるんだね。夢でも目が覚めてても、人は呼びかけるの？　現実で会うのと夢で会うのとどのくらい違うかな。」

「お前、少し難しいこと言ってるな。」

「そんなことない。」

「大人になってから苦労しそうだ。」

僕は母さんじゃなくて夢の中の母さんに呼びかけた。その声をハセガワが聞いたのだから、僕はハセガワにも呼びかけたことになりそうだ。

ところで、僕は苦労する大人になるんだろうか、この世界で？

ハセガワの咳が増えていった。


谷が見つかって僕は喜んだがハセガワは表情を変えなかったので、自分がまだ大人じゃないと分った。

泉を守る恰好の谷は、膝に少し力を入れればいいくらいの下り坂として現れた。すぐに、大がかりな裂け目が見えてきた。僕がいた街の半分ほどの大きさに見えた。裂け目の内側の壁は表面がところどころ階段みたいにぎざぎざだったり、出っ張っていたり、深く抉れていたりした。谷の底の方には鮮かな緑の葉をつけている木の塊があった。泉そのもののような、飲めそうな、飲みたい緑だった。

ハセガワのあとについて下りていった。逆にわずかだけ上らなければならないところもあったが底へ行く一番の近道らしかった。幅の狭い足場とか、岩から岩へ飛び移るところではハセガワが手を差し出してくれた。片手でも男の両腕以上の力がありそうだった。

緑の塊は、下まで来るとちょっとした林だった。泉は透きとおっていた。

「ほんとに飲めるの？」

「他のところよりは。それにボトルの水より、綺麗とは言えないが、うまい筈だ。」

僕は水際に膝を突き、底の砂が混らないように静かに両掌を潜らせた。途端にこれは水じゃないと感じたのは、ボトルの中身に比べてひどく冷たかったからだ。掬(すく)って飲んだ。すぐに体を走って染みた。ハセガワも何度も飲んだ。空のボトルに水を入れ、ちょっと迷ったけどマスクを取って急いで顔を洗い、重たくていまにも破れそうなブーツと、靴下を脱ぎ、足を浸した。ハセガワは何も脱がず、タオルを濡らして、マスクを素早く持ち上げ、顔を拭った。僕が足をつけている間に泉の周りを歩き、海の生き物の骨を見つけた時と同じく一か所で立ち止り、

「誰か来たんだ。」

行ってみると水に近い湿った地面に足跡が散らばっていた。僕たちが下りてきたのと反対の方から来てまた同じ方に引き返していた。

「夜盗？」

「軍じゃないな。」

僕らは元来た道で谷を上がっていった。ハセガワは咳をたくさんして、僕も少ししてそれから、あの足跡を追ってゆくとどうなるんだろうかと考えた。僕たちよりほんの半日だか一日だか前に泉の水を飲んだ誰かがいた。あの足跡の真上に靴と足があった。夜盗も水を飲むのだ。

谷の上に戻ると、来る時は全然気づかなかったが西へ向う道の先に濁りに包まれて小さな街があった。

「誰かいるかな。食べ物がありそうだよね、チューブじゃないちゃんとしたやつ。」

「私もここのところ寄っていない。同僚と基地から車で来た時も止らなかった。だいたい分ってるからだ。」

「危ないかな。水とチューブはまだあるし。」

「怖いか。」

「そうじゃなくて、いま言ったよね、まだリュックにはあるし。」

「怖がるのは悪いことじゃない。怖がらない方が危ない。でも、行ってみよう。」

街にはレストランと一緒になったホテルがあり、木や鉄で出来た何に使うのか分らない、機械の骨組みみたいなものがいくつか立っている小さな広場もあった。公園だとハセガワが教えてくれた。骨組みみたいなものは全て子どもが遊ぶための道具らしかった。横にした細長い木の板の真ん中を柱で支えたものがあった。

「シーソー。」

「どうやって使うの?」

「もう使えない。ここの遊具はどれも壊れてる。」

「公園って、学校のこと?」

「違う。」

「でも学校には子どもがいるんでしょ。」

「ここじゃない。」

　僕はシーソーの片側、地面についている方の握りを摑んで持ち上げてみた。ガリガリ鳴って重くて、すぐ離した。

　ホテルのレストランは大きな扉のついた入口があり、店の中にはテーブルと椅子が並んでいたが、残念なことにせっかくの大扉も壁も窓硝子(ガラス)も銃撃でめちゃめちゃに壊されていた。僕は椅子の一つを何度か持ち上げたり下ろしたりして使えるかどうか調べてから、座った。爪先がどうにか床に届いた。テーブルの表面には濁りだけが積っていた。見えないフォークを右手に持って、肉の塊を想像した。肉が赤くて焼くと茶色くなるのは、街で大人たちが汚れてると分り切ってる牛を殺して食べるのを見たので一応は知っていた。

　ちょっと怖くてもったいない体験だった。男たちが、五十年前には刀や鎌や槍だったたいまにも崩れそうなものを振り回して広野へ走り出した。叫んでいた。濁りをたっぷり蓄えた肉を食べて死ねることに興奮していた。僕は追いかけたけど、生きるのを諦めたにしては男たちは速かった。追いついた時、錆びた金属が一頭の痩せた白い牛に突き立てられるところだった。角の方が牛を従えて長く伸びていた。体中の骨が、どれも掌でしっかり掴めそうなほど浮き出ていた。錆びた得物のいくつかは骨にはね返されると同時に折れたが、白い体が無数の傷を負うのに時間はかからなかった。鳴いた。血が溢れた。傷口のめくれた皮が舌のように垂れた。目を剝いた。濁った世界と僕が映っていた。角は役に立たず、牛の重荷になる一方だった。踏ん張っていた蹄（ひづめ）が急に地面を離れた。白い体が飛び上がって倒れたのだ。音はなかった。鳴き声が弱くなっていった。男たちはまだ使えそうな得物とどうにか持ち上げられる大きさの石とで仕上げにかかった。同じ石が牛の体の同じところに何度もぶつけられた。鳴かなくなり、脚が空を搔かなくなり、角が地面に刺さって牛を固定した。血を土が吸った。その場で火が焚かれた。濃い濁りが牛から男たちへ移動してゆくのを見ていた。食べ終えた男たちは血を吐きもせず、倒れもしなかった。立ち上がって広野へ散ってゆき、二度と戻らなかった。幽霊になって帰ってもこなかった。牛の残骸は見る見るうちに小さな獣や虫に覆われた。男たちが牛を追って走り出してから牛型の骨が現れるまで半日もなかった気がした。

　もったいなかった。汚れた肉だから手を出さなかったけど、食べておけばよかった。いくらレストランだって、テーブルがあったって、肉がないんじゃどうしようもない。椅子から降りた。なんだかおかしくて恥しかった。

　カウンターの中には割れた瓶や食器の破片が溜っていた。その間に木で出来た小さな箱があって何かの根みたいなものが入っていたが、根ではなく野菜が干からびてしまったものらしかった。どうにか銃撃の的にならずにすんだ換気扇の羽根は調理の煙や油がこびりついて茶色く滑らかに汚れていた。何も匂ってはこなかった。汚れを剝がして口に入れたくなった。嚙めば匂うかもしれない。

一番奥の壁に埋め込まれた絵は穴だらけで、左下の隅に色つきのはっきりした部分が残り、くすんだ緑色の蛇が一匹描かれていた。体を波打たせ、これもわずかしか残っていないタイルの額の外側へ出てゆこうとしながら、首をもたげて、銃弾で吹き飛ばされた絵の真ん中あたりをじっと見ていた、まるで自分が破壊した世界の跡を確めるみたいに。僕のうしろで絵を見ていたハセガワが、

「よりによって蛇だけ生き残ってるとはな。」

「生きてないよ。絵だよ。」

「ほんとに生きてるより始末が悪い。」

絵の横にもう一つの出入口があり、屋根が壊れてしまっている通路が伸び、ホテルの本体につながっていた。

吹抜けの一階で待つように言って、ハセガワは上の階を見にいった。階段を上り部屋を確めて回る足音が聞えていた。三階まであるらしかった。待つ間、少し怖かった。吹抜けを囲む壁や窓は傷んでいて弾の跡もあったがレストランほどの襲撃を受けたわけではなさそうだった。人がいなくなってからかなりの年数が経っていた。レストランよりも古かった。

「いいぞ。」

二階と三階も家具はいくらか残っているものの人がいたとは思えなかった。ある部屋の窓際には中の土が石みたいになった植木鉢があって当り前だけどなんにも生えてはいなかった。鉢の向うがいまみたいな濁った世界になる前に、ここには緑の葉が水を吸って生きてたっていうんだろうか。それは、飲める水だったんだろうか？

別の部屋ではかける服もそれを着る人間もいないので、鉄の重そうなハンガーの山が崩れて床の濁りの中に沈んでいた。別の部屋では小さな生き物が骨になっていた。踏み潰したくなったけどやらなかった。次の部屋には大きな釦（ボタン）が落ちていた。ハンガーと釦だけかと思った。

全ての部屋には、丁度ベッドの頭の上の壁に、黒くて小さな十字架がついていた。壁から取り外せない作りなんだろうけど、夜盗たちが神様を恐れて手をつけなかったかのようだった。ハセガワは遠くを見る目で見ていた。

ホテルにいる間、何も話さなかったし何も起らなかった。

外へ出て歩いた。

僕がこれは何と訊いてハセガワが映画館と答えた建物もあった。僕は映画というものを見たことがなかった。ここでも見ることは出来なさそうだった。白っぽい教会には神様がいないこと、馬小屋には何もいないこと、バス停でいくら待ってもバスが来そうにないことが分ったあとで、僕たちはスーパーマーケットに入った。

「前はもう少し物があったが、もうほとんど持ってゆかれたな。」

冷凍ケースには何もなくてそもそも電源が切れていた。通路を歩き回った。僕の街にあった木造のやつとは比べようもないくらい大きな店だった。棚には何もなく、床には破れた紙袋、中身を取り出した、チューブでない食料品の空箱、飲物の瓶や缶が転がっていた。子どもの頃街で何度か見かけた、円くて薄くて表面が少しでこぼこしているお菓子の写真で飾られた箱を見つけた。手に取った。触るのは初めてだった。大昔に食べたけどさくさくしてておいしかったのは覚えてる、と街の元娼婦が言っていた。さくさく、はなんなのだろう。埃だらけの箱の底は抜けていて、スーパーマーケットの床が見えた。割れた硝子の破片、何かの糞、影がこびりついたような色と形の染み、文字盤が砕けて針だけ真っすぐな時計や何かが、空箱の四角い縁の中を通り過ぎた。電池やバッテリーみたいなものもあったがどう見ても使えそうになかった。天井からは腐って剝がれた板や、ねじが外れかけの照明装置がぶら下がっていた。

「物があったのっていつ頃？」

「何年も前だ。」

目は僕じゃなくて手に持った空瓶に止っている。

「何？」

「バーボンだ。トウモロコシの酒。」

「飲みたいの？」

「昔は飲んだ。」

「お酒って苦いんでしょ？」

「こいつは甘くて、強い。」

「さくさくじゃないんだよね。」

「なんだって？」

　店の奥の調理場もハセガワが持っている携帯用の小さなライトで照らして一緒に調べてみたが（一人で暗がりに入るのはいやで、一人で待っているのも怖かった）、壊れた調理器具や箱やビニール袋ばかりで、食べられそうなものはどこにもなかった。水道の栓を捻ってみると乾いた音だけが出た。元通り締めた。裏口を突き抜けた先には倉庫があった。地面に転がっていたチューブの箱を拾った。中身は三本だけだった。何台かのオートバイが置かれていた。オートバイ形の錆からただの錆の塊になりかけていた。

「これがちゃんとしてればどこにでも行けるのにね。持主はなんで置いてっちゃったんだろう。」

「燃料のない乗り物はただの重たいごみだ。」

「燃料はここにはないね。」

「どこにもない。この国のどこかにはあるが軍と政府がわずかに持ってるだけだからどこにもないのと同じだ。横流しはやってはならないが、やれていた頃はまだよかった。燃料の問題も司令官がああなってしまった理由の一つだ。」

燃料がなんなの司令官はどうなってるのいいかげんに教えてよと訊こうとした僕も、大きな棚の前で立ち止ったハセガワの隣で止って骨を見た。埃を被った人間の頭だった。背骨や手足の骨も横の棚にまとめて置かれていた。勿論、置かれているというのは僕らから見てのことで実際は死んで骨が残っているだけだ。骨になる前の本人はここにこうしているいまの自分を知りようがない。でも顔は真っすぐにこちらを向いていて、明らかにこの骨の本人以外の誰かがよほど丁寧な手つきで置いたに違いなかった。飾られている感じもした。

ハセガワは骨に向って頭を下げた。慌てて同じようにした僕よりあとで姿勢を戻すと、

「神の仕業(しわざ)か、この骨そのものが神か……」と言った。

「人間の骨だよ。」

「そうだな。神と人間を、それも骨を重ねるなんて、神を信じなくなった私にふさわしいというところだな。」

骨に見られながら倉庫を出た。風が強くなっていた。ホテルに泊ることにした。

硝子が割れた窓の外に、広野と丘が昼間の力を失ってゆくのを眺めた。街を少し外れたところに、そこも街なのか、コンクリート造りの建物が集まっていた。あの大きな目蓋を探したがなかった。鳴き声も聞えなかった。風に吹かれているらしい何かの物音がした。小さかった。パタパタパタと続いた。途切れて、またすぐ鳴った。聞えなくなってからも風は吹いていた。

チューブを吸った。三つ追加したものの、そんなに大収穫というわけでもないのはハセガ

ワも思っているようだった。でも食べ終ると話が始まった。

「しかしホテルだっていうのに肉もケーキもなかったな。」

「ケーキってものすごく甘い食べ物でしょ。食べたいの？」

「ケーキを知らないか。そうか。」

目許の力が緩んだ。

「私が小さかった頃には、もう四十年以上も昔だが、まだ店によっては商品をたくさん並べていた。私や兄たちの誕生日には母親がケーキを買ってきたり肉を焼いたりした。すまない、お前には悪いが。」

「お兄さんがいたの？」

「でも、もう関係ない。」

「死んじゃったの？」

「よく分るな。いま、そのことも喋ったかな。」

「喋ってないけど、たぶんそうだと思ったから。人ってだいたい死んじゃうもんでしょ。」

「いつか必ずだ。」

「でも……ハセガワと僕は生きてて母さんとかハセガワの兄さんとか倉庫の棚の人は死んでる。だからだいたいだよ。」

「だいたい、か。お前は案外強そうだ。」

「ハセガワの方が強いよ。」

「腕力はな。」

「腕力が強いのはすごいことだと思う。なんでも出来る。」

「そうかもしれない。司令官を殺すことだって。いずれ必ず死ぬ私が、な。殺すまで、私が生きていればの話だが。」

ハセガワは疲れたらしく黙った。

夕日がまだ残っていたので僕はもう一度ホテルの中を歩いた。マットレスのないベッド。小さなテーブル。十字架。レストランで誕生日にケーキや肉を食べた人たちはここで祈りを捧げて、マスクなしで安心して眠るんだろうか。ケーキ？　肉？　誕生日？　ハセガワは本当に食べたのだろうか。どのくらい甘いのだろう。

誰かの誕生日のことを考えるのは僕の誕生日のことを考えるのと同じく、意味はない。でも考える。ケーキじゃなくてもいい。チューブが山ほど。ボトル。缶詰。冷凍肉。棚が埋まっている。世界で一番古くからいる幽霊がまだ幽霊じゃなかった時代なら、鶏丸ごと一羽とか生肉の塊、生きた魚たち。卵。王様、いいや神様の食べるごちそう。神様が誕生日に食べるのは砂糖だけで出来た特別なやつ！　おいしいものがなくなっちゃったから、この世界がいやになって消えちゃったんだ、神様は。ケーキがなくなったら神様もいなくなる。神様はケーキだ。生れてくる人間が全部神様の子どもっていうのが本当なら、誕生日にケーキを食べるのは親を食べるってことじゃないか。

ハセガワのいる部屋に戻ってまた外を眺めた。

「あのコンクリートの建物があるところは何?」

「あまり長い時間留まりたくはないが、明日行ってみるか。」

「どうしても行きたいんだね。」

「お前の方が行ってみたい筈だ。学校の跡だ。」

眠る前、鋏(はさみ)を出して僕の髪を切ってくれた。爪は、鋏を借りて自分で切った。


朝早くに起きてボトルとチューブを少しずつ啜ってから、ハセガワと一緒に初めて学校に行った。煉瓦(れんが)の塀が巡らされていたが、ここも銃撃に遭っていた。煉瓦があたりに散らばり、どこが門だったかも分らなくなっていた。

「ハセガワが先に見てくるまで待ってなきゃ駄目?」

「そんな時間はなさそうだ。それに誰もいそうにはない。でも傍を離れるな。」

かなり大きな広場が取ってあり、端の方には昨日公園にあったやつと似た道具が立っていた。どれかは使えるだろうか。広場の先に横長の大きなコンクリートの建物があった。こちら向きの壁面に銃撃の跡が模様みたいについていた。一部分が完全に崩れ落ちて中の部屋が見えていたりした。

「ここで、子どもが集まって何するの?」

部屋を見て回りながら僕はハセガワに訊いた。ホテルより大きな部屋がホテルよりたくさんあった。

「やることは一つ。勉強。」

「シーソーも勉強？」

「勉強なわけがない。分ってて訊いてるんだな。」

「なら勉強の他にもすることはあるって言えばいいのに。」

「やらなければならないのは勉強だけだ。」と言って咳をした。

「そうかもしれないね。シーソーはもう使えそうにないし。学校もだけど。」

この世界は何もかも、大抵が使えない。

「勉強っていうのは難しい計算だとかを教えてもらうことだよね。」

天井が崩れて空が見えていた。

「そうだ、計算。覚えておかなくてはならない言葉。知っておかなければならない人間の歴史。学ぶべきことはたくさんある。戦争のこと。世界がいまの状態になってしまった理由、経緯。これからどうなるかの予測。始まりと終り。」

「理由を教えてもらってこれからどうなるかを考えたら戦争が終って濁りもなくなる？」

「すぐには無理だ。」

「じゃあ学校に行っても意味はないね。ちょっと行ってみたかったけど。」

「もう一度人間が立ち直って子どもたちが学校へ行ける時が来て誰もが知識を身につけ歴史を学べば、少しずつでもよくなってゆくかもしれない。」

「それ、たぶん反対だね。戦争が終って夜盗がいなくなって濁りがなくならないと学校にも行けないんだよ。僕は学校は知らないけど濁りと夜盗は知ってるんだから。学校と勉強じゃ濁りも戦争も止められないよ。それとさ、勉強よりボトルとチューブが大事だってこと、学校は知らないんだね。」

神様ならなんとかしてくれるかなと言おうとして、ハセガワが先に神様ならなんとかしてくれると言うかもしれないので黙っていたが、二人とも何も言わず、廊下を歩き、ほとんど同じ大きさと形の部屋を辛抱強く見て回った。別に、神様がどこかにいそうだと探していたわけじゃない。塗装が取れて冷たいコンクリートが剝き出しになった床の上でどこまでも続いてゆくお互いの足音が途切れてしまうのを、怖がってただけだと思う。ハセガワはどうだったか知らないけど僕は、学校の中がどうなってるか見逃さないのと同じ気持で、ハセガワの足音を聞いていた。まるで足音を聞くために学校に来たみたいだった。

足音以外に何もなかったわけでもない。僕が街の老人たちや老人みたいな幽霊たちに言葉や字を教えてもらう代りにひょっとしたら座っていたかもしれなかった小さな椅子に机。部屋の前方の壁を埋めている黒板というもの。床にいくつも落ちていたのはチョーク。ハセガワが一本拾って、床に負けず下地があちこち覗いている黒板に近づけた時も、僕にはまだ何が起るのか全然分っていなかった。チョークがカチッと小さな音を立ててもまだ、何かとんでもないことが始まってしまうんじゃないか、決して素晴しくはない何かを引き起してしまうんじゃないかとびくびくしていた。でもハセガワがやってみせたのはそのカチッという音でこの世界を破滅させることでも逆に濁りを取り払ってしまうことでもなく、字を書くこと

でしかなかった。1、2、3、4、5、6……咳をしながら11まで来ると、

「書いてみるか。」

「数字くらいは書けるよ。」
12、13、14、15。僕が書く字はハセガワのより小さくて線も震えていた。小さくても震えていてもよさそうなのにどういうわけか悔しくなり、力を強めると、16の6の途中でチョークが粉々になってしまった。別のを拾って書き直したが変な16になった。なんで変だと思うのか分らないが変だった。
黒板と向い合う壁には横に長い紙が貼ってあった。

「これ、世界地図だよね。」

「国境線が引いてあるから少し古いタイプだ。ここにある小さな島のいくつかはもう海に沈んでる。」

別の教室の黒板はチョークで全面が塗りたくられていた、と思ったのは一瞬で、漢字がたくさん書いてあるのが見えてきた。読めない漢字もあった。薄れているのもあった。字を三つか四つか五つほど組み合せると人の名前になるのだと知ってはいても、これだけたくさんあるとなんだか、人間とは全然関係のない、それこそ神様の書いた不思議な文字に見える。

「名前を書くのも勉強？」

「いや、寄せ書きといって、子どもたちが何かの記念に――」と黙った。

黒板の隅に名前じゃなさそうな字が並んでいた。僕がうしろから見ているのに気づくと、

手でこすって消した。

「見たのか。」

「うん。ほんとにみんな死んだの？」

「書いてある通りかどうか。」

それを確めるため学校の中を歩く間にハセガワから説明されるまで、僕はプールというもののことを知らなかった。世界が壊れていることはなんとなく知っていても、プールのことは知るわけがない。

プールはコンクリートの建物が並んだ先の敷地にあった。だがハセガワの説明と違ってプールには水ではなく濁った土が溜り、ところどころに人間の骨が見えていて、黒板の隅に書いてあったことがどうやら本当らしいことを示していた。

「僕の街と同じだよ。夜盗に襲われて殺されて、でもスーパーマーケットとかホテルだけじゃなくて、なんで学校を狙ったんだろ。食料が隠してあったのかな。」

「夜盗じゃないかもしれない。」

黒板の隅には、学校にわずかに残った子どもたちがこれからプールに集められて夜盗に殺される、ここに書いてあるのは最後の最後に自分の手で残すこの世界に生きていた証拠だ、とあったのだ……

「夜盗ならあんなものは書かせない。夜盗に見せかけたいやつらだ。」

「軍だね、夜盗みたいな。」

言ってはならなかっただろうかと思ったが、ハセガワは咳をしながら黙ったあと、

「軍が直接やったかどうかは分らない。軍と関係のある企業がやる場合もある。自分たちの判断だけじゃなく、軍の命令ということもある。企業からすれば限られた水や食料は軍にきちんとした値段で、時にはきちんとした値段以上の値で売りつけたい。軍は子どもたちへの配給も含めた学校の運営費を削るためにこういう手段に出る。病院の入院患者、刑務所の囚人も同じようにする。昔は、少なくとも学校の生徒には手を出さなかった。戦争のための、戦闘員の卵だという位置づけだったからだが、いまはその理屈さえなくなった。」

「企業って、軍人でも夜盗でもない人たちがほんとにこんなことするの？」

言っている途中で、本当は軍がやっているということなのだろうと気づいた。咳が続くために返事が出来ないハセガワの方も、はっきりと答えたくないために咳の陰に隠れているか偽の咳をしているかだったのだろう。

ハセガワは最後に頭を深々と下げてからプールの傍を離れた。神様に謝っているような、神様を諦めてしまったようなうしろ姿に、僕はついていった。

そのあとは本当に何も話さなかった。崩れた煉瓦に沿って学校を一周した。途中、広場のシーソーが気になったけど、きのうの公園のやつと同じでどうせ壊れているに違いなかった。僕にとってシーソーはいつも壊れているのだ。世界が壊れてるのにシーソーが壊れていないわけがない。ハセガワは神様を諦めて、僕はシーソーを諦めた。壊れていないシーソーがどんなものだか知りはしないんだけれど。

まだ学校にいる時から濁りが濃くなってきていたが、ホテルに戻って荷物をまとめているわずかな間にあたりが夕暮ほどの薄闇になった。濁りがこんなに溜ったのは見たことがなかった。風はほとんどやんでいた。風が弱くなったせいで世界とか時間までが動かなくなってしまった。

「今日もここに泊る方がいい。この濁りの中を歩くと危険だ。」と言ってハセガワが咳をした。

「学校に行くのやめて朝のうちに出ればよかったね。僕が学校に行きたいなんて思わなきゃよかった。」

「この濁りだ。朝出発してたら濁りの中で隠れるところもないまま立往生だ。学校に行きたいと、思ってたのか。」

「言わなかったっけ。」

「言ってない。お前のせいじゃない。私がお前に学校を見せたかっただけだ。」

僕も咳をした。そのあとはホテルから出なかった。どんどん暗くなって夜が早く来た。昔、ここのレストランでどんな食べ物が出されていたか考え始めると、すぐにボトルとチューブが浮んだ。次に、銃撃された絵の真ん中に何が描いてあったかを考えた。ボトルもチューブも浮ばなかったのでハセガワに訊いた。

「蛇が見ていたものなんか想像しなくていい。」

「どうして？」

「蛇は人間をだます。大昔の本にもそう書いてある。」

「生きてる蛇、見たことある?」

蛇だけでなく、猿とか虎とか、僕が話に聞いたり絵で知っているだけの生き物のことをいろいろ聞かせてくれた。ほとんどはハセガワ自身も見たことがないらしかった。

「アフリカとか南米あたりにならまだかなり残ってる筈だが。」

いつか絵で見た鶴や鰐(わに)を思い出した。あの蛇が見ていた先にそういう生き物がいたかもしれなかった。

ハセガワは部屋の十字架を見上げていた。

だがその夜夢に出てきたのは生き物や十字架ではなく、かまどの前にしゃがんでいる母さんだった。あの街の家にはまだかまどはあるけど、もう誰もその前でしゃがみはしない。僕が小さかった頃、自分を小さいと思わなかった頃、かまどの前にいる母さんに、光が当っていた。嘘だ。濁った世界に、こんな強い光があるわけがない。

僕は自分の叫び声に驚いて目を覚ましたが、これもまた嘘だった。ホテルの外から、地面まで揺れ動きそうな声が聞えたのだ。声とか音ではなく世界そのものであるような空気の震え。神様か神様に背いた何か。部屋にハセガワはいなかった。眠っている間にずれたマスクの位置を直し、一階に降りた。濁りは濃く、風はやはり弱かった。レストランとをつなぐ通路の外側に銃を持ったハセガワが立って広野を見ていた。その先に、丘みたいなものがあった。きのうまでなかったのでどうやら丘ではなかった。あの、巨大な目蓋。動いた。

「あれが神様？　それとも背いた方？」

ハセガワは今度は違う方を見ると、片腕を斜め下に伸ばして下がっていろと指示した。

濁りの中から人が歩いてくる。三人。たぶん、生きている人間。生きている？　僕が？　ハセガワが？　確かに生きてはいるんだろう、証拠なんてないけど。証拠がなくても生きられる、僕やハセガワみたいに。いま歩いてくる三人みたいに。

ハセガワは片手で僕をホテルの中に押し戻し、外に出た。銃を構えていた。この恰好を見て相手が立ち去ってくれればいいと考えての行動らしい。

三人ははっきりとこちらへ近づいてきた。髪も髭も長く伸びていた。黒くて萎(しな)びたマスクがどうにか口に張りついていた。ハセガワの姿勢は変らなかった。先頭の一人が何か言い、もう一度言った。聞き取れなかった。ハセガワが言い返したがやっぱり僕には分らなかった。声が小さいからじゃなくて知らない言葉だったからだ。

話が終ると三人は丘みたいな目蓋の方へ歩き出した。いつも必ず、三人のうちの誰かか三人ともが咳をしていた。

「巡礼だ。」

「生きてる人間だよね。」

「神に近づこうとしている。」

「人間は神様にはなれないと思うけど。」

「なろうとしてるんじゃない、近づくんだ。」

ホテルの部屋に一度戻り、背嚢を背負い、三人を追って歩き出した。僕もリュックを背負い、一度ホテルの中を見返し、倉庫とプールの骨を思い出し、ここにいた短い時間を急いで折り畳み、追いかけた。咳で体が揺れた。肋骨を押えた。

ハセガワはゆっくり歩いていた。

「巡礼って、何。あの鳴いてる丘みたいなのは。」

「巡礼たちが言うには、神としか思えないもの、らしい。」

「何日か前にも別のところで見た。濁りの塊かなんか？　丘が動いてる？」

「生き物だ。種類は分らない。水場を探して歩いてる。あの生き物には見つける力があるらしい。」

「谷の泉の足跡はあの人たち？　あのでっかいやつのはなかったね。」

「大き過ぎて足跡だと気づかなかったんだ。」

「神様じゃなかったね。背いた方のやつ？」

「水を探してるだけだ。この世界で水ほど神に近いものはない。」

あれを追いかける巡礼は一番多い時だと百人を超えたそうだ。でも水を見つけてもあれがほとんど水場を占領してしまうし食料もないしで、どんどん倒れてゆき、三人になった。

「お前、眠ってる間、咳を時々してた。」

「いつもするよ。」

「いつもよりもだ。苦しくないか。」

「いまはまだね。」

近づいていって大きくなってきても、本当にこれが生きているのかどうか分らなかったが、丘の頂上あたりがゆっくりと膨らんだりへこんだりしてはいた。ハセガワに会った時の丘よりは絶対に小さかったけど、牛とか馬だと何百頭か、千頭くらいにはなる筈だった。鯨というのが大きい生き物だというのは知っていた。

「鯨は陸にはいない。いまはもう海にもいないんだろうが。地上だと象が一番大きい。」

「聞いたことある。じゃあこれ、象なんじゃない？」

「比較にならないくらい大きい。」

「やっぱり神様？」

少し睨まれた。

三人の巡礼は硬い地面に痩せた膝を突いて、僕には分らない言葉で何か呟いていた。

生きている丘の周りを歩いてみた。黒に近い茶色で、皺が縦にも横にも走っていた。ハセガワの指ほどの太さの黒いものがところどころに突き出ていてどうやら毛だった。全体は真ん丸を半分に切ったものを地面に伏せた形だったが、細く出っ張っている場所もあった。少し離れて見てみると、出っ張りの部分は馬で言うとたてがみが生えているあたりのようだった。そこからたぶん背中の側を横に見て歩くと出っ張りから続く背骨を間に挟んで片側には木の幹みたいなものが生え、そこから突き出ている枝と枝の間には皮が張っていた。背骨の反対側の幹は根本からなくなっていて、傷から膿が出ていた。翼と、翼が折れた跡だ。鳥には見えない。さらに歩くと、先のところは体の下に隠れているけどしっぽがあった。頭は腹にめり込ませる形にしていてやっぱり見えなかった。手足は確かに鳥に似ていて、爪は割れたり欠けたりしていた。

大きさの他に鳥と違っていたのがにおいだった。もともとこんなに臭い生き物なのだろうか。僕やハセガワも臭いことは臭いけれど。翼の傷がにおっているのかもしれない。

呟くのがすんだ三人とハセガワがまた話していた。話し終ると三人は呟きに戻った。

「このへんに水はないの?」

「ない。」

「じゃあなんであいつは動かないの。」

「巡礼たちは、時が来たと言っている。こいつが子を産むんだ、ということのようだ。」

「ここで産むの?」

「腹に子なんかいるわけがない。どうやったら妊娠出来るっていうんだ。子なんかそう簡単に生れてはこない。産むんじゃなくて死んでゆくだけだ。なのに巡礼たちは生れてくると信じてる。」

「神様を信じてるからだね。」

「生れるか生れないかは、信仰じゃない、事実だ。こいつは産まない。死ぬ。」

「その方がいいよね。この世界に子どもが生れてきたって意味ないから。」

「意味か。」

ハセガワは僕を見て、地面を見た。なのにどこか遠くの方もたぶん見ていた。

別れ際にハセガワがボトルとチューブを渡そうとしたが、巡礼たちはものすごく速く首を振って断った。僕は無駄なことを一応訊いてみた。

「このでっかいやつ、食べられないよね。翼があって鳥みたいだから食べられなくはなさそうなんだけど。」

「食べようとすればあの三人がお前を殺すかもしれない。私はあの三人を殺さなきゃならなくなる。」

「神様を信じてても信じてなくても、人を、殺すの?……」

「殺したくはない。とにかく、食べられはしない。」

言い終る前に歩き出していたハセガワに、勿論ついてゆきながら、

「残りたいとは思わないの?」

「信じてない。」

途端にハセガワが咳をしてそれが暫く続いた。

「ボトルとチューブあげようとしたよね。なんで?」

「信じてないからかも、たぶんそうだ。気休めだ。あいつらは飢え死にだ。」

「死ねば神様に会える?」

「ただ死ぬ、それだけだ。」

「そうだよね、死んで会えるんなら神様が人間を殺してることになっちゃう。ハセガワは神様に殺されてないのになんで信じなくなったの？」

長いこと黙って歩いた。無言でどこまでも行けそうだった。基地も母さんの仇討ちも何もなくてただハセガワと歩いてゆければよかった。それがこの世界で生きてゆく方法だったのだ。ボトルやチューブと同じだ。仇討ちをしたからってこの世界で生きてゆけるわけがなかった。しないから生きてゆける、とも限らないんだけど。

ハセガワが突然、

「お前は信じてないのか。」と言った。何十分か前に僕が訊いたことをまだ考えていたのだ。

「信じてたかもしれないって思うことはある。」

濁りがいまほどひどくなかった、といっても濁りがどれほど危険か分ってなかったっていうだけなんだけどとにかくその頃、街に人が来た。それまで空っぽだった教会で話をしていた。神を信じなさい、神の愛を信じなさいと言って、神様のことや神様の息子が語ったりやったりしたことについて喋っていたけどよく覚えていない、信じてたかどうかも。でも、信じないようにしようとも思っていなかった。そのうち神様じゃなくて濁りの方が大問題だと思うようになった。濁りは見えるからだ。

「見えれば信じるかもしれないけど。」

それからまた二人で黙って歩いた。休んでいる間も喋らなかった。今度もハセガワは何か考え続けているのかもしれないが、次の日の朝早く、ハセガワが咳をする音で目が覚めた時は別のことを喋り合った。

「起してしまってすまない。」

「謝らなくていい。咳は僕も、するから。」

咳が止るのは死んでからだろうと僕は思った。咳より先に濁りがなくなるなんてあり得ない。

基地に近づいているからだろうか、真昼でも夕方くらいの明るさしかない空が何分も続くことがあった。それを、なんかちょっと面白いと僕が言うと、ハセガワは、昼には昼の光があるべきだ、夜明けは夜明け、夕方は夕方だ、私たち人間は濁りのない本当の風景を知らない、夜も、永久に星の出ない夜しかない、と答えた。本当の風景って何、と訊くと、自分たちが見たことのないものだ、夜は星と月があって、太陽が金色で昇ってきて沈む時は恐しい朱色になる、太陽の動きで一日が決り季節が移動してゆく、草木がこれでもかというくらいの緑色に繋っていろんな生き物がいる風景、人間もその一部である風景だ、と答えた。

「いまは偽物の風景なの？　こうやってここで見てるのに。」

「少なくとも本来の世界じゃない。人間がこうしてしまった、元に戻せもしないというのに。」

「本来って神様が作ったものってこと？」

「そうなるな。」

信じてないくせに、と思ったけど言わずに、

「神様なら本物で人間なら偽物？」

「神と人間の力の働きは同じじゃないということだ。お前はいまのこの世界と、花が咲いたり星が出たりする世界とどちらがいい。」

「濁りはなくならないよ。」

「なぜ諦める。それに人間には濁りを生み出した責任がある。司令官を殺して基地の機能を止めたところで世界にどれほどの効果があるわけでもないが、ほんの少しだけの意味ならある。」

「ほんの少しなんてないのと同じだよ。空気の中とか水の中とか地面の下とかにある濁りを完全に消すことなんか出来るわけがない。その前に人間が世界から消えるよ。」

「なんで諦める。」

「諦めてるんじゃなくてほんとのこと。」

「私たちはまだ消えていない。」

信じてないくせに、とやっぱり言えなかったのはハセガワの言い方と、遠くを見ているあの目とが、とても神様を信じてない人間とは思えなかったからだ。こういう言い合いをする時、僕はたいていお腹が空いていた。チューブを啜ると何か言ってやろうという気持はわずかに遠のいたが、ハセガワは神から遠のきはしなかった。神もハセガワの近くにいそうだった。

咳が体の力を奪うのが分った。咳は体がよくない証拠なのだから、もともと弱っている体が咳の一つ一つでよけいに疲れてゆくのだ。したくもない咳なのにまるで自分の意思でしているように一所懸命にする。でもしているうちに、当り前だけどこれは自分の意思でどうにかなるようなものじゃなさそうだと、今度は治まるまで待つしかないと決めるが、意思と反対になかなか止らない。やっと止ると体がものすごくだるくなって立っているのもつらくなる。関節の痛みは歩いている方がうまくやり過せる。

ハセガワの体も痛むのだろうか。咳の方は僕よりひどいし、ますますひどくなるばかりだった。一回で体がばらばらになってしまいそうな咳を続けてするので、本当に頑丈な人なのだと思い、大変だろうなと思った。ハセガワの咳で夜中に目が覚めても寝たふりをした。世界の音は風と咳と、僕たちの話し声、足音、だいたいこの四つだった。世界ではきっと他にもたくさんの音が鳴っていた。音と同じ数だけ世界があって。

でも僕の前には一つだった。それはハセガワだけがいて、他には何もない世界、ひょっとするとハセガワ以外に何もなくてもいい世界、だった。風には風、咳には咳、声には声、足音には足音の世界があったのだとしても。

「川の跡だ。」とハセガワが言った。

あるとしたら、確かに、川じゃなくて川の跡だろう。地面がくぼんで、筋になって伸びている。場所によって横に深く削れていたり下に向って落ち込んでいたりした。

「ヘリで上から見ると流れの跡だということがもっとよく分る筈だ。このあたりだとこれが一番大きい川だっただろう。」

「川ってどんな風なんだっけ？」

「見たことないか。」

「聞いたことはある。僕も、大雨の時、道の端の方を水が流れてるのは見た。」

ハセガワ自身もこの跡が川だった頃のことは知らず、他のところでならここの半分くらいの幅の川を見たと言った。もう魚はいなかった。濁りを吸い込んだ水が鈍く移動してゆくだけだった。

「水がそんなにあったの。」

「飲めないし泳げない。」

「昔の人はなんで水の中で泳いだりしたの。飲めばいいのに。」

川の方に背中を向けてしゃがみ、足をゆっくり下に伸ばして縁のところに手をかけ、まだ底までは一メートルほどあったので、手を離して飛び下りた。膝に痛みが来た。

両岸の高さは上で見るほどではなかった。底は砂と小石で、岩もあった。丁度僕の顔や体の横を、いつか魚が泳いでいたのだ。人間は泳がなくてもいいが魚は泳がないと生きてゆけないだろう。

膝を曲げ、川の底に座って、右手の指で砂を掻き回した。深く突き刺し、ねじって、握った。持ち上げる途中から砂は指の間を潜って周りの砂に戻り、漏れないように力を入れて地上に引き上げるとこぼれる速度が増して手の中が空になり、曲げた指の内側にわずかに残った。掌同士を叩いて立ち上がり川底を蹴った。また蹴った。この世界のほとんどのものと同じく軽くて乾いていた。あの動く丘がふいに目に浮んだ。見えていないのに浮んでいた。いままで何かがそんな風に感じられたことはなかった。巡礼たちはいまも何か呟いているのだろうか。ハセガワは産むんじゃなくて死んでゆくだけだと言った。あの丘が翼で飛んだ頃、川には魚が、人も、泳いでいた。蹴った、どっちが爪先でどっちが踵(かかと)か分らないくらいに。咳で苦しくなってやめた。ブーツに砂が溜った。咳が続いて涙が出た。ハセガワが傍に来て肩に手をかけた。

「何やってる。体力が落ちる。無駄に使うな。」

「落ちなくても落ちてるのと同じだよ。無駄じゃなくて意味のあることがどこかにあればいいとは思う。でも、そんなものどこにもないのは分ってるんだからあればいいだとか思っちゃいけないのにいつの間にか思ってるんだ。」

「思っちゃいけないということはない。人間は思ってしまうものだからな。」

「人間よりハセガワはどうなんだよ。世界のどこかに意味はあると思う？」

ハセガワは僕と長いこと目を合せていたあと、斜め下を向いて、またあの遠くのものを見る目でじっと何か考えていた、時間とか世界とかが止ってしまう何秒か前であるかのように。止る瞬間の音を聞き漏らすまいとするかのように。

あの時ハセガワは、神様について考えてたんじゃないだろうか。考えることは信じることとは少し違う気がするけど、信じる代りに考えていたのかもしれない。

「意味はある、きっと。私たちがいま生きてるここを世界と呼ぶならの話だが、世界のどこかにある。どこかにあるなら、世界そのものに意味があることになる。こんな世界でも。悔しいけどな。」

川の底から縁に上がったあとでハセガワは長い間咳をしていた。僕が大丈夫と訊く前に、

「やっかいだな、全く。」

夜中、何かが響いた。ハセガワはもうシートから出て照明をつけ、広野を見ていた。銃に手を当ててていたが構えてはいなかった。地面を引っ掻くような音が近づいてきた。人や車ではなかった。野犬の群は見たことがある。人に飼われていた牛が群を作ることもある。でも音に被さって聞えてきたのは別の生き物らしい声だった。照明の中を、灰色とも茶色とも言える平べったい塊が土埃を立てながら恐しい速さで迫ってきた。ハセガワがシートを丸め背嚢を背負いながら、荷物、と叫んだのでリュックを摑み、ハセガワの走る方へ逃げた。一度転んだけど立ち上がってまた走った。うしろを照らしていたハセガワが立ち止り、さっきまで寝ていた場所を浮び上がらせた。鼠の群が動いていた。照明も僕たちも無視して真っすぐに進んでいた。群を外れてこちらへ迷ってくるやつは一匹もいなかった。何千匹かの足音と鳴き声が合さって地面が叫び、流れ、遠ざかっていった。すぐに何も聞えなくなった。ハセガワは土埃のまだ残っている闇を見て、

「いつまで持つかな。」と言った。

僕もハセガワも咳が多くなってよく立ち止ったり座り込んだりするようになった。夜も早目にシートにくるまった。最初の計画より日数がかかりそうで、水と食料を節約した。お腹が空いても、すぐには食べられないのだった。

道の途中で一度、民家と商店が何軒か固まっている集落に出くわしたが、この道を通ってきたハセガワが言うにはあそこにはもう何もない、のだった。家があるというだけですごいことだと僕は言ったがハセガワは寄るだけ無駄だと答えた。確かに住めそうには見えない。住めない家は家とは呼べなかった。一人で行ってくるから待っててと言うと、危険だからとハセガワもついてきた。

家はどれも濁り対策の防護設備も、簡単な目張さえもなかった。窓も割れていた。

一軒に入ってみた。濁りと砂が積った床に食卓と椅子が潰れて朽ちていた。傍には金属製の器がへこんでいた。スプーンが一本、完全な形で残っていた。やはり灰色が溜った流し。横にはコンロ。その下の棚に豆の缶詰があった。どうせ食べられなくなってる、とハセガワは低い声で言ったが、僕はリュックに入れた。

他の家は外から見るだけにして、商店にも入らなかった。ハセガワが最初の家に戻って、「今日はここに泊る。」と言った。

わずかばかりの食事をとったあとでハセガワが、夢はよく見るかと訊くので時々と答えた。濁りを避けるための穴を掘ったり水がある筈の井戸からちゃんと水を汲み上げたり誰かは分らないけど誰かを探していたり、そういう夢だと。

次に、他人を愛した経験があるかと訊かれた。言葉の正しい意味が分らないと答えると、自分以外の人間を自分より大切に思って接したことがあるかどうかだと言った。あるわけないと答えた。これまではそうだったかもしれないが、忘れるな、お前は人を愛することが出来るしお前が誰かに愛される可能性だってある、とハセガワが言った。可能性という言葉ももう一つ分らなくて黙っていると、私はたった一度だが人を愛した、とハセガワが言った。国の命令で子どもを産むことには抵抗したのに人を愛するのは止められなかった、まだ神を信じていた頃に男と出会って愛して子どもを産んだ、基地に配属されて家族と離れ、男は戦闘で死に、間もなく子どもとも連絡が取れなくなり、行方が知れなくなった、愛している者同士はやはり一緒にいるべきだ、と言った。眠くなってきた僕は最後に訊いた。

「子どもは、男の子だった?」

「男の子だった。」

お腹が空いて目が覚めた。ハセガワはゆっくりした呼吸で眠っていた。少し前には咳をしていたようでもあった。真っ暗で何も見えなかったが右手の指先が何に触れているかは分っていた。地面に横倒しにされた背嚢のベルト。中身はかなり減ってはいるがそれでもまだ僕には背負えないだろう。世界は途端に僕と背嚢だけになった。ベルトを引っ張ってみる。素晴しい重さで動かない。この中身を一人で全部食べて飲めたらもっと素晴しいに違いない。基地までの分がなくなってしまうことになるけどお腹いっぱいに勝てるものなんかあるわけがない。司令官を殺すことはハセガワにとって水や食料より意味のある行動なのだろうけど僕はハセガワじゃない。だいたいなんで僕が基地に行かなきゃいけないんだ？　僕はハセガワじゃないけどどうしてもハセガワと一緒にいたくて基地へついてゆく。しかしなんでハセガワなんだ？　なんで一緒なんだ？

「ほしいなら言え。」

ハセガワに右腕を摑まれた。

「全部はくれないよね。」

「必要ない。基地までは十分持つ。」

「僕が全部取ろうとしたら殺す？」

「だから全部はお前に必要ない。」

「言おうとしたんだ。馬が死んだ朝、ハセガワが一人で基地に行こうとした時、離れたくないって、言おうとした。恥しくて言えなかったけど。ハセガワも同じことを言いたそうだったけど、言いたそうだって思いたかっただけかもしれない。僕だって、そんなこと、本当は言いたいわけじゃなかった。きっとそうだよ。ハセガワと離れたくないのはボトルとチューブをたくさん持ってるからだ。だから一緒にいるんだ、お腹が空かないように。でもこんなに空くんじゃ、一緒にいても意味がない。」

二人で黙っているうちに夜が明け始めた。ハセガワは自分の背嚢から僕のリュックへ重くなり過ぎないくらいのボトルとチューブを移し、

「来たいなら来い。いやなら勝手にしろ。」

ハセガワはいやなの？　と今度こそ本当に訊きたかったけど訊かなかった。本当の本当は訊きたくないのかもしれなかった。

戸のない玄関を出たハセガワが西に向って歩き始めても僕は朽ちた食卓の傍に座っていた。リュックは重くなったけど背負えそうだった。

今日は夜の暗がりの中で一人だ。

急に喉が渇いてボトルを一本取り出して半分飲み、それからチューブも一本、これは全部吸った。ボトルの残りを飲んだ。体の端の方まで気持よかった。昼が来る前に同じ量を飲んで食べた。疲れてもいないのに眠くなった。

何かで眠りが途切れ、すぐになんなのかが分った。銃は二度か三度鳴った。

硬い足音がして、居間の窓から外を覗いた。革で出来た濁りよけの大きなマスクで頭をすっぽり覆われた明るい茶色の馬が一頭、鞍だけつけて人は乗せずに家の前を通り過ぎていった。馬が来た方を見ると人が倒れ、その先に銃を持ったハセガワが立っていた。窓を乗り越えた僕を、

「来るな。」と大声で止めた。

それから銃を構えたまま、倒れた人間へゆっくりと近づき、腰を落してゆき、手で何かを確めたあと銃を仕舞った。僕は歩いてゆき、死体がはっきり見えるところで立ち止った。戻ってきてくれたんだと思ったが黙っていた。

「分ったか。」とハセガワが言った。

「分った。」と僕は答えた。

「夜盗は一人に見えても一人じゃない。これからも何かある。」

「こいつに仲間がいるんだね。どこから来たの?」

「たぶん基地がねぐらだ。」

「基地から僕の街までは遠すぎない?」

「馬であちこち荒し回って基地に戻ることはあるだろうが……どうした。」

「他の夜盗も馬にあんなマスクつけてる?」

「初めて見た。」

「僕は初めてじゃない。こいつらが街を襲った。」

「お前が言ってた、連隊長か?」

「僕は連隊長を見てないけどこいつの左目は光ってない。作り物じゃない。」

「そういう目をしてると、誰に聞いた。」

「幽霊。」

地平線に火を見た。濁りを通してもはっきりした色だった。高く吹き上がっていた。

「怖いか。」

「車が燃えてるんじゃないよね。」

「夜盗でもない。地面そのものが火を吹いてる。あれをよけて別の道を行くとまた基地から遠くなる。」

あの集落までハセガワを一度戻してしまったからもう遠回りは出来なかったが大きな火はやはり怖かった。

近づいてゆくにつれて火が一つでないのが見えてきた。初めに見えていたのは一番太くて高い柱で、他にも十本近くが立って揺れていた。他に地面から出たり引っ込んだりしているものもあった。焦げ臭かった。火が出る穴の周りは真っ黒で、硬そうだった。穴の大きさは火の大きさにつながっているようだった。

「地面の下に、ガスとか油とかがあるんだよね。持ってけないよね。」

「燃料になるほど質がいいわけじゃない。軍が掘ったばかりの頃はかなり使えたらしいが。その出来の悪い油が、地球の天然のものか大昔に人類が栄えた名残りなのかも分っていない。」

「どっちでもいいよ、出るんなら火より水の方がいいんだから。飲める水ならだけど。」

一番大事な水のことを僕が喋ってるのにハセガワはずっと火を見ていた。照明とか、マッチとか、着火装置とか、銃の火花とか、そういうのと違う火だったからだ、きっと。僕の目は火と、火を見ているハセガワを往復した。僕の目とハセガワの目は同じ火を見ていた筈だけど、僕はハセガワじゃないんだから本当のところは分るわけがない。

本当のところ？　本当のものとかところとか、そんなものがどこにある？　どこにあった？　火の中が、火こそが本当の何かだとハセガワは考えていたんだろうか。僕にとってなんとか本当らしいのは、火と、火を見ているハセガワと、それを見ている僕自身がいるということだった。そして本当のことには、ほとんど意味が感じられなかった。

「これが神の作り出す火だったとしたら。ここが神の地面だったとしたら。太陽みたいな場所だったとしたら。」

「熱くて立ってられない。」

「そうだな。」とハセガワは初めて笑った。そのあとずっと咳をしていた。

ずっとだった、火から離れた次の日も。歩く速度がはっきりと落ちた。それまでは僕の前を歩いていたのに僕が先になり始めた。水を飲む回数が増え、僕に謝った。

これを越えれば基地に着いたも同じだという枯れた林まで来た時、乾いた大きな音に振り向くと、ハセガワが仰向けに倒れていた。近づくと荒い呼吸だった。窮屈そうな背嚢のベルトを引っ張って隙間を作ってやった。ハセガワはベルトから脱け出してもう一度倒れた。首を持ち上げかけてすぐに下ろした。僕は傍で四つん這いになっていた。

「大丈夫だ。少し休む。」

「大丈夫には全然見えない。」

かなり休んでからハセガワはまた背嚢を背負って歩き始めたが、すぐ足を止めて座り込んだ。また立ち上がり、歩いた。踏ん張っていた。咳が出た。ハセガワは時々止り、座り込み、また歩いた。枯れた林はまるでハセガワの歩みに合せて広がってゆくかのようになかなか終らなかった。一応、道はあったが、伸びるばかりの道なんて道がないのよりずっとやっかいだった。


林で眠った次の朝、ハセガワは目を覚ました僕に、

「よく眠ってたな、咳もしてたが。」と言った。

「眠れなかったの？」

「眠るよりも、やらなければ、ならない、必ず……」

言葉は続かなかった。首を起そうともしなかった。僕はずっと傍にいた。ハセガワは眠っている間も咳をし、していない時は咳とは別の苦しみらしいがらがらという呼吸をした。戦闘服の、あのゴムの袋が入っているあたりを掴んだりした。手を動かすのが水をくれの合図だった。ボトルを口許に持っていってマスクをゆるめてやった。飲むところまではゆかず、唇が濡れるくらいだった。十分らしかった。チューブを持っていってやると首を一度横に動かした。

林が風に揺れて音を立てた。地面には枯葉がわずかの他、草はなかった。どこかに幽霊で

も引っかかっていないかと探したが枝と空だった。

動けないハセガワは、咳が止らないのにどういうわけかだんだんと、立って歩いていた時より顔が穏やかになっていった。

暗くなる前に戦闘服の内側からゴムの袋を取り出した。

「基地に着くまで開けるな。開ければ使い方は分る。この道を行けば基地だ。他に何もない。」

僕は上着の内ポケットに突っ込んだ。

ハセガワが手を動かしたのでボトルを口に近づけようとするとまた首を横に動かし、指先で土を掻いた。掻く先には僕の手があった。僕は自分の手をボトルみたいに近づけた。指が僕の爪に触れた。ハセガワの体から力が脱け、地面に沈んでゆきそうになっているのが分った。あの目で僕を見た。

「子どもじゃないよ。」

ハセガワは不思議そうな目で僕を見た。

「ハセガワの産んだ子どもじゃないよ、僕は。」

目がほどけて笑った。指が僕の指を押した。僕を見ていた。マスクの下で口を動かしたらしいが声は出なかった。

夢を見ない夜だった。ハセガワの咳が聞えていた。自分もしていた。咳とわずかな間の目覚めと眠り、それ以外の出来事は世界の歴史の中で一度も起っていなかった。夢を見られればよかったのだろう。眠りの中で記憶が夢にすり替えられていれば、世界の歴史も風景もきっと違っていた。地下から吹き上がる火も水になっていた。濁りはなくなって太陽の光が十分に届くからこの地上が太陽みたいな場所になる必要なんてない。飲める雨が降って飲める川が流れ、食べられる魚と、海には食べられる鯨も泳ぐ。花、虫、鳥。誰も咳をしなくなる。元スーパーマーケットがもう一度スーパーマーケットになる。つまり世界が素晴しくなる。
だから、そんなことは起らない。素晴しい世界はあり得ない。僕の記憶じたいが素晴しくないし夢にもつながらない。

夢を見ずに目覚めた時も、素晴しくないことが起っていた。僕は咳をしたがハセガワは動かなかった。暫く待った。濁りの中の夜明けが来た。まだ動かなかった。僕は恐る恐るハセガワのゴーグルに指をかけ、外した。薄目は開いていたが眼球は凍ったように動かなかった。目蓋も睫（まつげ）も硬そうだった。足の方へ回り、底の縁の部分がすり切れている大きな靴を片手で摑んでみた。重かった。戦闘服に出来た破れ目のほつれやもともとどんな色なのか知れない、濁りと砂と汗だらけの髪が風に揺れていた。僕の耳でも風が鳴った。今度は両手で足を持ち、揺さぶった。離すとまた動かなくなった。もう一度顔を見た。何が起ったか分った。うしろ頭に手を回し、マスクを脱がせてやった。鼻と口から垂れた血が顔の表面で乾いていた。唇に触ってみた。鈍い弾力が残っていた。歯も血だらけだった。そしてハセガワの全てを、濁りと砂が覆い始めていた。

「神様と、子どもには会えた？」

声が濁りの中で溶けてゆくのを僕は見ていた。僕は神様を信じてたわけじゃなかった。ハセガワが、信じなくなっていた神様をまた信じるようになっていたのかも勿論確めようがなかった。でも僕がハセガワに最後にあんなことを言ったのは、案外間違ってなかったんじゃないだろうか。僕は神様を信じてなかったけど、ハセガワを信じてはいたみたいだからだ。自分のことなのにみたいだと言うのはおかしい気もするけど、気がするだけだ、何かとか誰かを本当に信じる心がどういうものなのかなんて僕には分らないのだから。分らないけど、神様を信じていて信じなくなったハセガワにはああ言ってやらなければならないと感じた。信じる心は分らなくても、前に神様を信じていていまも信じてるかもしれない人が神様に会えるのはいいことだっていうのは分る、子どもを産んだ人が子どもに会えるのも。

でも実のところこんなことばかり考えていたわけじゃない。動かなくなったハセガワの傍で僕は、怖かった。体に触れたり声をかけたりしてたのだってハセガワを思ってより、むしろ自分の怖さを紛らわすためだっただろう。林の枯枝は鳴り続けていた。僕はハセガワの背嚢を開けた。ボトル四本とチューブが五本あった。僕の方にはもう一本ずつしか残っていなかった。シート、着火装置、ナイフ、照明器具、何かを信じるのがどういうことか分らないのと同じくらい使い方の分らない銃も持ってゆくことにした。地図もあった。赤く大きな基地の印。そこから少し離れて木の形が何本か束ねて描かれているのがこの林らしい。

必要なものを自分のリュックに詰める間も詰め終った時も、ハセガワは動かなかった。もう一回だけ、両手で片足を持ち上げてみた。離すと落ちた。腰のあたりをちょっと蹴ってみた。埋めるための穴を掘ろうとしたが、林の土はナイフがほとんど刺さらないほど硬かったので諦めた。

地図を確め、林の道を西へ歩き始めた。咳が出るし関節の痛みは増していたし、基地に着けるかどうか、着いてゴムの袋から何を出してどうするのか、全然分らなかったけど、濁りと風の中、いま僕がすることといったら、林に留まってハセガワみたいになるのをじっと待つのでなければ、基地に行くくらいしかなかった。ハセガワを捨てて歩いた。街を捨てて以来だった。時々振り向いた。神様を信じていた女が倒れていた。遠くなって消えた。記憶は残った。

一度咳が出ると長く続くようになった。ハセガワがいなくなったあとの世界は濁りと風と咳だった。食べるのは一日に一回か二回。体力が落ちた。咳と一緒に命の切れ端も口から出ていた。咳の分だけ濁りの形が変化するので濁りまで命だった。

眠ると母さんの夢。

殺しなさい、殺しなさい、殺しなさい……

ボトルの水を飲むのもチューブを啜るのも少しずつなのにリュックはどんどん軽くなった。飲んで食べて命を延ばし、減らしていたわけだ。

頭の中のどこかに、川が確かに見えた。浮んだとか思い描いたというのが本当だろうけど、見たとしか言えないほどはっきりしていた。どうせ飲めない川なのに、川なんて見たこともないのに、この川なら飲んでも大丈夫だと勘違いしたらしく、手を伸ばしてはみたけど、掬えはしても、掌の水をどういうわけかなかなか口まで持ってくることが出来ない。反対に口の方を近づけようとする頃には、何年も待ったのに損したよと言いたそうな水のしっぽが掌から出てゆくところ。重たい腕を動かそうとするがまるで川の方が逃げてゆくかのように動かず、届かない。目が覚めて、濁り、風、海――

海？　川と同じで見たことがないのに？　だって水の塊だっていうんだから大きな水を思い浮べればそれが海ってことじゃないか。飲めないのは分ってる。いまだけじゃない、食べられる魚と鯨が泳いでた頃の海だって塩辛くて飲めなかったそうだけど……

海はまだ、僕が思い浮べている頭の中以外のどこかにたぶんある。鯨もまだどこかに。世界ほど大きくはない、世界で一番大きな生き物。だったら神様は世界より大きいだろうか。

ボトルがあと一本と半分、チューブは二本になった。基地まで持つというハセガワの話が本当ならこんなことはない筈だった。太陽の動きと地図を見ると、たぶんここは基地からそう遠くない平原で、車道に出てもいい頃だったが、実際には舗装されていない小道が続いていた。川の跡らしい細いくぼみをさっき渡ったが、地図には流れらしい筋は見当らない。頭に川や海の幻が残っていたために川の跡まで勝手に思い浮べたのかもしれない。ハセガワでさえ飛行機か車でしか行き来したことのない基地まで、僕が辿り着くなんて無理なんじゃないだろうか。

地図を見て、広野を見た。頼るなら地図だがこれは作り物、偽物の世界であり、広野の方は濁りと風の中の無意味な本物の世界だった。まるでこの世界はこの世界じゃない別の場所だ。母さんが埋まってる墓の中のようだ。でもハセガワが死んだところを見るとまだどうにかこの世界は世界であるらしい。

咳をして、歩き始めた。地図は捨てなかったが見なかった。道だけがあった。この世界で道に迷うのは、迷わないのと少しの違いもなかった。


いつ頃ついたのか、タイヤの跡がかすかにあった。馬の足跡。それより大きなくぼみはここを通った何かを何かが上から撃った跡だろうか。でも僕はくぼみに水が溜っているところを思い浮べて、笑った。こんなところに水は溜らないし、もしあったとしても飲めるわけがなかった。だから笑った。笑った自分に気づいてまるで誰かに見られでもしているように顔を緊張させ、目を上げたところで足が止った。

広野の先、小道が低い丘に向って空に吸い込まれようとするあたりで馬に乗った人が、明らかにこちらを見ていた。笑ったのを見ていたわけではないだろうが、僕が笑うのをやめて目を上げたのはあの馬と人に気づいたためだったのだろう。馬は、あの大きなマスクで顔を覆われていた。首と尾が動く以外、全部止っていた。ハセガワの亡霊が現れた、じゃなかったらハセガワに殺された夜盗の、と考えてすぐに考えなくなった。とりあえず銃に手をやろうとしてこれもやめた。動けば撃ってくるかもしれない。いつから見られていたのだろうか。笑うよりずっと前、もしかすると何日も見張っていたのかもしれない。ハセガワが死んで一人になった僕を狙っているのだろうか。

そんなに長い間同じ姿勢で一つの方向を見ていたことはいままで一度もないというくらい、本当に動かなかった。咳は小さく出したし、小便も、仕方ないのでズボンを下ろさずそのましました。向うは一度だけ頭を掻いた。赤と灰色の夕暮がやってきても馬の小さな動き以外何もなかった。体がだるくなってよろけそうになるところを我慢した。眠かった。ハセガワならもう撃っているだろうか。

横向きだった馬がのっそりと縦に細くなった。来そうだった。息が詰って母さんの幻が川や海よりはっきりと見えた。

馬は向うへ、丘を上りさらに下って消えて、夜だった。

丘の手前でシートにくるまった。丘に生えた、丈の低いまま枯れ切った木の枝を何本もナイフで切り落し、シートの周りに広げて置いて、人が来れば音で分るようにした。着火装置の油はまだ残っていたが火は点けなかった。眠れず、闇に頭を突き出した。西の方、丘の向う側にぼんやりとした光が立っていた。灯りは何度見ても移動していなかった。そこに基地はあるが灯りは基地のものでないことはあとで分った。

咳で目を覚まし、今度は枝が折れる音がした、と思うとまた眠ってしまった。

目が覚めると朝で、周りの枝に踏まれた跡はなかった。世界はただの濁りの夜明けだった。でもあの丘の向うから上がっていた光はまだ眠る前のものだった。地図を見て光の方角がどうやら西であることを確めるとリュックを背負い、自分が置いた枝を踏んで、光がある筈の方向へ歩き始めた。丘の途中でつまずいて、右のブーツの爪先のところに小さな口が開いた。

低い丘なのに頂上は風が強かった。道が下った先に街が見えた。全体は長い四角形だったが、ところどころ出っ張っていたり砂に埋もれたりしていた。生き物である街が外に向って大きくなってゆく途中で止ってしまっているのだった。高い建物はなく、何も動いていなかった。街ではなく街の作りかけで、作りかけこそがこの街の完成という感じだった。咳が出て、自分は人間の終りかけだろうかと考えて少し笑った。咳が次々に来た。しゃがんで治まるのを待ったが続いた。胸の奥から湧く一つ一つの咳を確め、吐き出し、また次が来た。ボトルから一口飲み、やっと止ったかと思った頃にまた出て続いた。

街からの道を馬が上ってくるのは見えた。聞えるのは風だけで、足音なしに近づいてくる馬と乗っている誰かは、音なんていう目に見えないものの役割が完全に忘れられた世界からやってきたのだ。動きも、歩くというより滑っていた。だが一度岩陰に消えてまた現れた時には足音を響かせて歩いてきた。馬の頭はあのマスクで覆われ、その横から伸びた手綱を握っている誰かはまだ立ち上がれないでいる僕を見つめていた。マスクのためか、馬は巨大だった。馬に似た別の生き物かもしれなかった。僕との距離は馬からすればほんのひと跨(また)ぎだった。

「咳で胸が苦しいか。」

男は僕より少し年上だった。

「どこから来た？」

「東の方。」

「分らないな。東から西へ来るやつなどいるわけがない。死にたいのか？　基地を探りに来たのか？」

生温かく伝わってくる馬の熱の隙間から男の顔を見た。ゴーグルの奥の左目は本物だった。

「銃を置いてゆけ。そうすれば見逃してやる。」

「置いてゆかなかったらどうなる？」

「死にたくはないだろう？」

男は銃ではなく僕の掌を握りたそうに手を差し出した。

「代りに教えてほしい。」と訊いても男はまだ腕を伸ばしたままだった。

「基地は、あの街のあたり？」

「行ってどうする？」

何もしたくはなかったけどハセガワの顔が浮んだし、この世界で他にすることもなかったから、

「司令官を殺す。」

その前に殺さなきゃいけない相手がいるでしょ。

いま忙しいから黙っててよ母さん。

殺してさえくれれば永遠に黙っっててあげる。

男は手を引っ込めて、

「その名前は久しぶりに聞いた。あれをそう呼ぶのはもう軍の人間だけだ。お前の銃は軍用らしいが、お前は軍人には見えないな。」

男の言葉が僕を、神様の手が世界を傾けた時に片方に集まってくる水のように追いかけてくるのが分り、僕が世界を元に戻す前にまた、

「基地に残ってたやつらは出てった。このあたりにもう軍はいない。そうだな、一つだけ妙なことっていったら俺たちの仲間の一人がまだ帰ってこないことだ。ここからずっと東にある、前にねぐらにしてた空き家に行くと言ってた。豆の缶詰があと一つあった筈だって言って、聞かなくてな。そんなものとっくに他の誰かに食われてるに違いないのに、基地にあるチューブだけじゃ我慢出来なくなったんだ。人間らしい生活ってものがほしかったんだ。分るけどな、結局戻ってきたのはやつの馬だけだ。そのことと、お前みたいなチビの腰に軍の銃があることとは、全然関係がないのかな。」

男は、どうなってんだ、どうなってんだと呟いた。ものを考えている感じの言い方なのに目は何も考えていなかった。世界の風の流れがねじ曲って隙間が出来たところに濁りが溜って人の形になったみたいだった。世界が人間の真似をすることもあるのだ。

馬から降りた男は僕を殴る前に言った。

「あれは殺せないよ、死んでるのと同じなんだから。」

やっと、見えて、聞え始めた。周りにたくさんの顔があり、かなり困ったことになっていると分りはしたのだが、そういうやっかいな時に見つけたのは、次のような、さっきまで見ていた夢の記憶でしかなかった。

蛇を見たこともないのに、確かに蛇だった。世界を這っていた。木に巻きついて上った。枝にはたくさんの葉だった。地面にも草が生えていたと思う。目覚めたあとは葉の形も思い出せなかったが葉は確かにあった。蛇は、レストランの絵にあった緑色でもなく、なんと呼ぶのか知れない、日の光と血を混ぜた、湿った色だった。僕の目に色が入ってきて蛇の形にうねっていた。鱗の一枚一枚が別々の命を持っていて、細く尖った頭はそのたくさんの命に攻め立てられ仕方なく動きの先頭に立っていた。時々舌が出て、地上の一番低いところの空気を震わせた。蛇に我慢出来なくて出口を探していた僕は、足首を咬まれたのだった。蛇は離れなかった。手で払うか足を振るかして離そうとした。だってその時、他にすることなんてなかったからだ。木があって、形は覚えてないけど葉はあったのだから、飲める水と食べられるものがたくさんありそうな世界だった。頑張って安全なものを探したりしなくてもよくて、咬みついた蛇だけを気にしていればすむ世界。蛇は何も言わなかったらしいけど、何しろ夢なのだから絶対に言わなかったという証拠もなかった。蛇自身がどんな世界を夢に見て、どんな気分になっていたのかは知らないが、僕は夢の中で葉をつけている木々の向うの、海を見ていた。絵で見たことのある鯨が絵のまま泳いでいた。ハセガワが海に入って鯨を捕まえようとするのを僕はいやがって止めた。ハセガワの腕は太くて、僕の掌は簡単に外された。呼び戻すために叫んだ。声は出なかった。

夢が覚め、夢の記憶がだんだん遠くなり、硬い地面に寝ていた。起き上がる時、体のあちこちが痛かった。

たくさんの男たちが僕を囲んで見下ろしていた。マスクをつけていないのも混っていた。僕を殴り倒した男もいた。ハセガワの銃を持ち、足許には豆の缶詰があった。男たちは一つの大きな塊にも感じられ、その途端にいくつもの顔にばらけたりした。若そうなのも濁りの中でよくそんなに生きられたものだというほど明らかに年を取ったのもいた。世界の果まで行って帰ってきたばかりといった疲れた顔の隣には、せめて世界の果の幻だけでも見てみたいと願い始めて百年も経っていそうな目もあった。いくつかの幽霊も漂ったり縮こまったり絡まり合ったりしていた。やっかいだったのは、視線のほかにいくつかの銃も向けられていることだった。母さんから仇討ちを命じられた時と同じく困ったことになったと思った。でも、逃げられそうにないと諦めてはいても、いっそ撃たれる方がいいとまでは考えていなかった。

僕を殴った男はハセガワの銃を両掌で、祈るように挟んで持ち、

「眠ってる間に抜き取らせてもらったよ、ナイフもな。いま頃報告して悪いがな。」

やっかいで面倒で出来ればもう一度眠くならないものだろうかと目を閉じかけると、殺しなさい。

でもさすがにこれじゃ無理だよ、銃もないしもしあったって。

いいから殺しなさい。

ちょっと待って、話してみるから。

「眠ったんじゃない。殴られて気を失った。」

「目を瞑ってるやつは誰でも眠ってるんだよ。気絶だろうが女と一緒にうっとりしてようが死んでようが。場合によっちゃあ目を開けたままでな。」

男たちが咳混りに笑った。鉄や木の箱が積まれた倉庫のような場所だった。

「お前、俺たちの仲間を一人、やってくれたな？　食えもしない缶詰のために。だから、死ぬほど眠ってもらわなきゃならない。」

男たちの咳と笑いが止った。でも僕はハセガワの銃で撃たれはしなかった。男たちの塊がゆっくりと割れて、闇の中から小さな光が近づいてきた。光の周りに人の顔が浮んで来て、一人の男の姿になった。光も左目になった。連隊長がまず男たちに向って喋り始めた時、そいじゃ行くか、と聞えた気がしたけど勿論ここは戸棚の中じゃなかった。

「眠らせるんならいまじゃなくていい。仲間が一人減ったばかりだ、丁度いい。」と小さな右目で僕を見て、「お前が持ってた銃と缶詰の謎解きはだいたい終ったところだ。今朝出してさっき戻ってきた偵察がここから少し行った林で女の死体を見つけた。その先の村では仲間の一人が殺されていた。二人が死んでお前は生きてる。銃と缶詰つきでな。分りやすい謎解きだ。殺した者が殺された者の分だけ生きられるということだ。殺された人間はもう戻ってこなくて、お前もいずれはそうなるかもしれないがいまはまだこの世の人間だ。」

殺しなさい、殺しなさい、殺しなさい……

ここじゃ無理、どこでだってたぶん無理だよ。だいたいなんでここに連隊長がいるんだよ。あの時馬を見つけたのと同じで母さんがここまで連れてきてくれたってわけ？　それとも全部僕の意思？　僕が勝手にここに辿り着いただけ？　なんで母さんの仇を討たなきゃならないんだろう？　なんで討とうなんて思ってしまってるんだろう？　なんで母さんの殺しなさいをずっと聞き続けなきゃならないんだろう？　こんなにも濁っててどこかで戦争が続いてて学校にもシーソーにも人はいなくてプールには水じゃなくて骨が詰ってる、そういう世界で仇なんか討ったたって――

「そうやって口の中で祈っていればなんとかなると思うか？　神を信じてる人間を久しぶりに見た。この世の現実は、もう神の力では押し戻せない。力は必要ない。例えば、見ろ。」

連隊長はうしろの男たちの塊に手を伸ばし、一人を引っ張り出した。その老人はマスクをつけていなかった。ほとんどなくなっている歯を見せて笑った。笑いの形の濁りだった。大昔、緑の葉や飲める水がたくさんあって、食べられる魚や鯨が海に泳いでいた頃の人間が、そのあと世界がどう変ってゆくのかをしつこくしつこく想像していたとしても、頭の中にどんなすごい場面が描けてそれをそっくり絵に出来る人でも、毎晩色つきの夢を見ている人でも、難しい計算がどんなに得意でこれからどうなるかを全部言い当てられる人でも、自分たちの子孫の一人が年を取ったある日、ここでこんな笑い方をするなんて思いもしなかっただろう。

誰も想像しなかった、世界の時間の中でたった一つの笑いは、僕の目の前で濁りに紛れ、濁りそのものになって砕けてゆき、消えて、なのに成りたての幽霊ははっきりと見えていた。

「そんなに珍しいものではない。いまの世の中、こうなるのが当り前だ。ここにはそういうのがたくさんいる。みんな苦しみもせずにこちらから向うへ移動出来る。ただし、お前はまだだ。」

うしろの男たちが無言でざわつく気配があった。それでも連隊長が僕を見つめているので静まっていった。まだ生きている右目は左目の輝きと反対の穏やかな光り方だったが、母さんの目ともハセガワの目とも違って、何もかもを知っているために落ち着いている目、僕よりも僕のことをよく知っている目だった。

連隊長は僕に基地のことを次のように話して聞かせた。

男たちは軍人ではないが、基地に送られてくる中身の分らないコンテナや食料の詰った箱を受け取り、基地の内部に運び、逆に基地から出た不用物を、コンテナを運んできたトラックや輸送機に運び込んだり簡単なごみを焼却炉で燃やしたりした。内部といっても男たちが入れるのはこの資材倉庫や隣の食料貯蔵庫くらいのもので、基地そのものの一番深いところ、兵器の開発が行われている場所にはめったに入れなかった。基地の中を隅々まで見たいという欲は男たちの方にもなかった。欲はすでに満たされていた。つまり運搬業務の報酬は基地から支給される安全な水と食料だった。濁りの中のボトルとチューブは確かにありがたく、同時にありがたいだけであって世界と体に溜ってゆく濁りを薄めてくれるわけでもなんでもないのだが、ありがたいだけのもの以外にいったい何が大事だというのか。中身の知れない箱を上げて下ろしてボトルとチューブをもらってまた上げ下ろし。このくり返し。その頃はまだ、戦争に勝てるかもしれないという期待で、軍と男たちは一応団結していたらしい。そう思ってた名残りがこのへんにまだある、と連隊長は胸のあたりを指差した。同じ指で今度は頭を指差し、人間の中心はここだと思うだろ、ここで考えてここで動いて思い出もここに塩漬にされる、そう思うだろ。ところがだ、と指が胸に戻って、俺に言わせりゃどうやらこっちだ、と頷いた。頭であれこれ考えて歴史を作ったり書き替えたりするっていうのが人間の仕事だと信じてる者も軍にはまだいるらしいが、結局、世界と人間は、濁りなのだ。思い出とか歴史というのはそれを考えた人間の頭の中にほんの一時だけ虹をかけたりするが、最後には虹から色が抜け落ちて大抵灰色、それが端から崩れていって胸の空洞に積る。人間が世界の王様になったと勘違いするずっと前、自分たちには頭とか胸があって記憶とか後悔とか裏切りの容れ物になっていると気づいた頃から、濁りは確かに存在していて、密かに着実にこの世界を埋めてきた。戦争が始まる前からこの世は濁りに侵されてきた。気づくか気づかないかの違いだ。気づいた時は遅い。気づかなければ、その人間は濁りの溜らない穴だらけの体を持っているということだ。どちらも大して不幸ではないが幸せはどこからもやってこず、どこまで行っても見つからない。この国を形作っている山と丘と谷、広野、どこへ行ったところで。あげくには、幸せが見つからないことはひょっとすると幸せかもしれないと考えるようになる。強いて考えているのではなく、諦めでもなく、幸せでないことの幸せを本当に実感する。ただし、実感はさほど強くはない。幸せの実感などタネを説明してからやってみせる手品であり、全てが分っていて全てが満たされない。タネを知っている以上、こんなのインチキじゃないかと怒ることも出来ず、手品以前の手品を毎日眺めるしかない。しかし、だまされたという感覚ではないのだからこれを幸せと呼んでも嘘にはならない。ここではそうやってはっきり実感はしていないが幸せかもしれない生活、つまり濁りから脱け出せない代りに水と食料に困らない生活を続けてきた。

軍がいよいよ基地を放り出して東へ逃げると決めた時は、さすがに何人かの仲間がここを出ていった。軍がいなくなって何もかも終りだと思ったのだろう。どこへ行ったって世界は終っているというのに。ここでの仕事はなくなった。水と食料は軍がほとんど持っていった。そうとうな量を置いていってくれはしたが、ボトルとチューブを好きなだけ減らしてゆくというわけにはゆかない。なのであちこちの街や村へ出かけて奪うことになった。ここでの生活はこのあとどうなるか分らない。世界中どこへ行っても終りだとしても終りへ向ってここを出てゆかなくてはならないのかもしれない。

だが基地のあれの周りにいる女たちだけはもう身動きが取れない。あれの周りであれと一

つになりかけている女たちを人間と呼べるならの話だが。そしてうしろの、男たちに混った幽霊を指差して、

「お前もいずれこうだ。死んだあとどうなるか確認出来て安心しただろう。死んだからといって誰からも見えなくなってしまったのでは、初めから生れなかったのと同じになってしまう。生きている間だけ見えているというのではやり切れない。」

幽霊のことなら言われなくてもよく知ってると思いながら、僕は咳をしていた。勿論連隊長も男たちもしていたが、僕とは違う長年の咳、人の体にずっしりと腰を下ろして二度と立ち上がりそうにない咳だった。連隊長は自分の話を僕の咳が引き継いだとでもいうように僕を見ていた。

「咳が出るのはまだいい方だ。体のどこも痛くない、呼吸も苦しくない、なのにたった一発咳をしただけで、いや咳など生れて一度もしないまま死んでしまう者を俺たちは見てきた。俺と、お前は、まだ生きているが。ところで、なぜあれを殺したい？　生きてる人間と呼べそうにもないあれを殺してどうする？　よほどの恨みが――」

「恨みじゃない、約束したからだ。」

「誰と？　林で死んでた軍の女、か？」

「司令官は基地で女に何をしてる。」

「男が女にすること全部とその他の全部だ。」

「司令官は、どこにいる。」

「お前には遠い。」

「殺す。」

「生きてないも同じだと言っただろう？　それに、もしお前が殺すとしたらあれではなく、この俺なのではないか？」

出かかった咳が止り心臓の動きが速くなって見えていない左目を見た。見えているのかもしれない。

「とにかく死んだ仲間一人分は働いてもらう。」

初めのうちは働きはせず、ただボトルとチューブに口をつけるだけだった。連隊長は姿を見せなくなった。どういうわけか連隊長に殺されずにすんだために男たちは僕を仲間と認めたのか、いろいろと教えてくれるようになった。夜盗といっても毎日毎日どこかを襲うわけではない。一度襲えば何日分かは手に入る。それに目ぼしいところはだいたい平らげた。そろそろ本当にここから出てゆくことも考えなければならない。

だが男たちの考えもいろいろだった。たとえ残りのボトルとチューブを持って出発したところでいったいどこへ行けばいいというのか、何しろあれは一応まだ機能しているのだからいずれ戦争の行方がいい流れになって軍が戻ってくればあれに忠実であるとの理由でどえらい褒美にありつけるに違いない、軍のやつらはここを出る時そんなことを言っていた。とんでもない、軍にとってはもうあれはやっかい者だ、俺たちはただここで幽霊になるのをじっと待ってるだけだ、あと少し、あと少しと思いながら。

僕が基地の奥に行きたいと言うと、連隊長に訊け、お許しが出るとは思えないがな。そもそも、あそこには行かない方がいい。行けば夢のように楽しいかもしれないが、夢のようなものほど恐しいものはない……

何日経ったか分らないある日、だからほんの一日しか過ぎていないかもしれない日、南の方にまだ手をつけていない街があるという話が出た。これまでは軍の残党が夜盗になって居座っていたが最近出ていったらしい。期待は出来ないが何もないわけではない。

僕を殴ったあの男を先頭にして、咳混りの叫び声の男たちは出発した。連隊長はやはりいなかった。僕も誰かの馬のうしろに乗せられた。何をしようとしているのか、させられるのか、考えるのをやめた。

街までは、一度も休憩しなくてもいいくらいの距離だった。軍の残党が手を引いたといっても、着いてみると二十人ほどで襲うには大き過ぎるようだったが、ものすごく変なことが起ったためにあっさりと終ってしまった。あの時街の男たちが取った行動と夜盗のやることとにどれくらいのどういう違いがあるのかを、魚や鯨を食べていた時代の人間たちなら、説明してくれるだろうか。

街は目立った抵抗をしなかった。夜盗にひれふした街の代りに女たちが叫んでいた。街の男たちは女たちを一か所に集めた。皺で出来た老人から、男の子と見分けのつかない子どもまで。街の仕切り役が言うにはつまり、男たちだけでこっそり相談しておいた、もしも今度夜盗の襲撃を受けたら女という女をありったけ差し出して、街と水と食料を守ろう、と。女たちはこの秘密をいま初めて知らされていっそう大きな悲鳴を上げ、きのうまで一緒に暮していた男たちを罵った。ある女は自分の夫の醜い外見をどれほど我慢してきたか、いかに仕事をしない夫であるかを夫本人より周りに聞かせるために叫び続けた、仕事以外の、僕にはよく分らない（このあとすぐに分ることになる）男と女の体のことに関しても、全く役に立たないのだと。それでも最後には周りではなく夫に、嘘だよね嘘だよねと言って口をぱくぱくさせ、この出来事が全然なかったことになるに決っているとでもいうような幸せそうな目をし、夫は目を背けた。僕はその女が怖く、夫がかわいそうだった。またある女は、自分の襟を摑んで引きずってゆく弟を、別の女は兄を、連隊長の左目よりも輝いている冷たい目で見つめていた。ある女は、逃げ出そうとするところを家族に散々殴られ、蹴られ、こちらは反対に夫の方がこの女がいかに妻として働かないかを言い立てていた。なのに夫は泣いていた。涙が濁りの空中で泡になって浮んで世界を映していた。ある父親は娘に、お前がどれほど街の役に立つか知れないんだぞと言い聞かせた。どれほどありがたいか尊いか、どれほど神様に近いか。女を差し出したい男なんて勿論一人もいないけれど街を守るためには仕方のないことだ、いずれこの犠牲と正義が夜盗たちを打ち負かす時が来る……

　僕が住んでいた街ではこんなことは、なかった筈、それとも僕の知らないうちに？　でも僕は母さんを差し出したりは、してない？　戸棚の中で早くしろ早くしろって願っていたのは？

街の男たちのやり方と同じくよく分らなかったのは、何人かの女が、自分がこうして身を捧げるのだから街と男たちを助けると約束してほしい、と夜盗に泣きついてきたことだ。自分を捨てて家族を守るのは、自分を守って家族を見捨てるのと変りのない、どうしようもないことだというのに。女の一人は僕にすがりついて、お願い、お願い、お願い……連隊長の左目に悪魔の目を混ぜ合せても足りない目の輝き。夫や息子を助けようとする女の目がこんなに恐しいのはいったいどういうわけなのだろう?

怖い目の女を僕から引き剝がして一発殴りつけた夜盗の一人が、やってみろよ、と言った。殴るのではなく別の意味だと分った。あの時母さんがされたこと。いまもそこらじゅうで夜盗たちが、たぶん世界のどこででも男が女にやっていること。やってみろよと言った夜盗はすぐ傍の家に僕と女を押し込んでいなくなった。女は震えてしゃがみ、僕を見た。痩せていた。頰が白く凍って動かなかった。

僕はとうとう、自分の街を襲って母さんを殺した夜盗の一人になって、女を見下ろしていた。この時になってもまだ、何をどうすればいいのかはっきりとは想像出来なかった。女というものの腰の部分がどうなっているのかも、服の隙間から見える肌に目が吸い寄せられ、下っ腹のあたりが熱くなり真ん中が硬くなってゆく体を女の体に対してどうすればいいのかさえも。僕は何も知らない自分自身に激しく動かされ、ゴーグルとマスクを外すと女の腕に手をかけた。まだ分らなかった。分らないことが動くことだった。掌は濁りに汚れた女の服の上を、何かを探して這った。勿論、何かがなんであるのかもさっぱり分らなかった。掌は間抜けで恥しい僕を置いて忙しく動き、女の胸を探り当てた。途端に女が体を捻って逃げようとしたので両手で床に押し倒した。女の叫びが聞えたが僕が叫んでいたのかもしれない。閉じようとする両肩を摑んで押えつけ、体重をかけ、手を服の中に突っ込んだ。掌が裸の胸を簡単に握り潰した。潰して潰してまた潰した。その度に胸は、また潰されるために生き返ってくるのだった。叫んでいるのは女や僕ではなくもう僕の下半身だけだった。女を両足で押え、自分のベルトを外しズボンと下着を下げ熱と硬さが急激に増すのを感じ、女の服を脱がせようとした。体が縺れてくっつき、硬くなった真ん中が、どこだか分らないが少なくとも腰ではなさそうな女の肌に触れてこすれ、捩れた。僕はどこかものすごく高いところへ上り詰め、一気に落下した。下半身が何度も伸び縮みし、何かが続けて発射され、だんだんと弱まり、終った。女の体の中に出さなければならないものを外へ出してしまったことは確かだった。

「へ、地面汚すしか出来ない男。」

女はそう言って僕から離れると、緑色の蛇になって逃げながら、首だけ捻って僕を見た。僕は額縁の中で銃弾を浴びて砕けていた。

娘を神に近い者として差し出したあの父親の願いは叶わなかった。夜盗たちは街に火をつけ、全ての男と、ほとんどの女を殺した。連れ帰った何人かは基地の奥に連れてゆかれた。

別の日、軍の資材の中継地の一つへ、夜盗二人と一緒に向った。何年も前に閉鎖され、別の夜盗たちのねぐらになっている。襲うかどうかを見極めるためにまずは偵察なのだった。

途中で濁りが濃くなって視界が塞がり道に迷った。

「なんだか、よくないことになりそうだ。」

あとで連隊長に報告しなければならない役目の男がのんびりと呟いた。夜盗たちはだいたいいつもこうだった。困った困ったと口に出してはいても本当に困っているようには見えなかった。この世界で何かに困るのは何にも困っていないのと同じだと考えているのかもしれなかった。確かに世界全体が困っている時に夜盗が一人か二人困っているとしても、どうでもいいことだ。

よくないことだよくないことだとくり返し、濁りの中で地図を見つめ、方角をとりあえず確認し、歩き出した。

この晴れそうにない濁りを使ってもし逃げられるなら、と思うばかりで、ハセガワの背嚢を盗もうとした時の方がまだ本気だったと諦めた。僕にはもう銃はなかった。あったとしても使えそうになかった。使えそうにないものは使いたくなかったし、使いたくないものは、やっぱりいつまで経っても使えそうになかった。こういう気持になるのも、何にも困らない夜盗になったせいだった。

でも何もかもがいつまでもどうにもならないわけじゃなさそうだと思ったのは、いつか聞いたあの声がしたからだ。神様か、そうじゃなかったら神様に背いたものの鳴き声。動いていた丘。でもあの丘は死にかけていた。巡礼たちは子どもを産むと言いハセガワは死ぬだけだと言った。僕は声を、思い出しただけだ。背嚢や銃のことでハセガワを思い出したからだ。ハセガワはいままで見てきたいろんなこと全部とつながってるっていうことだ。全部は、ほとんどなんの役にも立たなかった。

濁りが流れて薄くなり目の前が開けた。僕は何か勘違いをしてあの声を聞いた気になっていただけらしい。でも全くつじつまが合わないというわけでもなかった。濁りの先に見えてきて僕たちの足を止めたのは動く丘ではなく、横倒しになった大きな一本の木に見えるものだったからだ。幹から突き出た枝、のようなものの間にはぼろぼろになった皮がわずかに残っていた。これのもう片方を見た時、つまりハセガワがいた時をまた思い出した。

よくないことになりそうだ、の男が言った、まるっ切りの冗談を言う笑いで。

「こりゃあ龍の翼じゃないか？　そうに決ってるよ。根っこの黒いところは血が固まったように見えないこともないじゃないか。」

もう一人がひどく重たい目と声で、

「ああ、聞いたことあるよ。龍ってのは火を食うんだ。」

「火を吐くの間違いだろ。」

「吐いたり食ったりだ。この世で一番大きくて熱い火を探すやつらだ。いつか、いつかな、最後の一匹がこの世の最後の火を呑み込んだらこの世から光が消えて龍も他の生き物も、この世全体が安心して滅んでゆけるんだよ。これの持主はどっかでのたうち回りながらこの世で一番うまい火を探してるんだよ。でも、滅ぶのはちょっといやだな。片方の翼で永久に火を探しててもらいたいもんだ。」

「何言ってやがる。こりゃあただの木か、木になりそこねた木みたいななんかだ。翼じゃない。龍がいるんならその火とやらを早いとこ平らげてこの世を終らせてほしいね。」

「俺が龍を信じてるのは、いないのが薄ら分ってるからで、だからあべこべに信じてるんだな。この世が終っちゃいやだっていうのも、終るのが分ってるからだ。正反対ってのはぴったり同じじってことなんだろうさ。始まりは終りで終りが始まりってとこだ。」

「反対がなんで同じなんだ？」

「俺はこれを翼だって言う、お前は木だって言う、同じ物なのにだよ。」

中継地まではすぐだった。人の気配はなく、死体がいくつか腐っていた。におっていた。林に残してきたハセガワも墓に埋めた母さんもきっとこうだ。

「こらお前、泣きそうな目、すんじゃねえ。撃ち合いにならなかっただけでも上出来だ。誰も寄り付かなくなってるらしいな。」

ボトルもチューブも残っていないと確めたあともまだハセガワや母さんのことを考えていた。僕が、ボトルとチューブ以外のものを望んだというのだろうか？　死んだ人たちを思い出したって腹が膨れるわけじゃないのに？　ハセガワや母さんは決して腐らないのだと信じてでもいるんだろうか、いない龍を信じるように。

ハセガワが神を信じていた。子どもを産んだ。息子だった。基地で何かがあって、信じなくなった。神でも龍でもない、とても信じてなどいられない何かがあって。

　中継地では何も手に入らなかった、他の夜盗でさえこのあたりから完全に手を引いている、という報告は倉庫の夜盗たちを不安にさせた。何にも困っていないように見えていた男たちが、やっぱりそろそろここを引き払ってはどうかと話し合い、僕は、母さんやハセガワの顔を頭の中に張りつけてじいっと全てを諦めていた。夕日を見た。眠ってからまた見た。咳は出続けて、止っている間も次のやつが胸に準備されるのが分った。体が急に熱くなったり、冷えたりもした。

　連隊長が久しぶりに倉庫の奥から出てきたのは夜盗たちの話に加わるためではなかった。

「女は？」

　これを聞いた夜盗たちはバラバラでありながらまとまっているとも感じられる咳混りの溜息を響かせた。連隊長に不満を示す場合のぎりぎりのやり方らしかった。僕を殴った男が周りに押されながら、光っている左目と向き合い、

「こないだの街でだいたいこのへんは終りだ。ゴミ溜めをやった時みたいに遠出するくらいならいっそここを捨てて——」

「東へ、か？　正しい。行きたいやつは行け、本当に行きたいのであれば。」

「水と食料の分け前だが……」

「好きなだけ持ってゆけ。」

「あんたはいいのか。」

連隊長は僕を指差して、

「こいつを置いていってくれればいい。」

「あれがこいつを望んでるのか？　女の代りか？」

何も答えなかった。夜盗たちも何も訊かなかった。連隊長や、あれと呼ばれている司令官が女と何かを、僕がしそこねた何かをしていて、そこに僕が送り込まれるということらしかった。なんだか大変そうだが、夜盗たちと一緒にボトルとチューブを背負って基地を出るのも、全くあてのない道のりになるのは確かだった。どちらにしろ僕が決めることではなさそうだった。決めたいとも思わなかった。

……思わなくていいから決めなさい。殺しなさい。世界がどうなるとか食べるものがあるとかないとか、あの死んでしまった女の人との約束とか龍と龍の翼のこととか、それから信じてもいない神様のことだとか、本当にもう考えなくていいから、考えたって母さんは生き返らないから、生き返ってお前をびっくりさせるような真似は何があってもしないから、考えるのをやめて、殺してみなさい。そっちで人間として生きてゆくなんていう上等なこととは縁の切れた母さんにとっては、濁りも戦争も軍も基地も知ったことじゃない。どこで誰がどんなに苦しんでどんな酷たらしい目に遭って泣いてたって、たとえ我が子が濁りに体をやられて咳に取りつかれているにしたって、知ったことじゃない。勘違いしないで、そっちの世界のお前になんの手助けもしてやれないのを謝ってるんじゃないんだから。母さんにとってはそっちの世界なんて、なくなってしまったのとおんなじ。世界から母さんがいなくなったんじゃなく、母さんの中から世界がいなくなったってこと。命を奪われたってことは世界を奪われたってこと。勝手に世界を持ってったやつらの残した痛みは、思い出そうとしなくても思い出したくなくても、いまもしっかり母さんの中にある。世界と入れ替りに痛みが来た。痛みが母さんってことになった。母さんを痛くしたやつら。父さんだけが入るのを許されてる母さんの中に次から次に入ってきたやつら。中でも片目のあいつ。笑ってたあいつ。そこにいる、そいつを、殺してみなさい。世界なんていうどうでもいいもののことなんか考えてないで、考えるなんていう御立派な迷路からさっさと脱け出して、お前にとってたった一つの役目を果しなさい。

もう、疲れたんだ。

死んでもいないくせに贅沢言うんじゃない。お前は死にかけてるんだから疲れるのは当り前。でも一人殺すくらいの力は残念だけどまだある。そいつから世界を奪ってやるの。そうすればお前も安心して自分の住む世界を手放すことが出来るから。

司令官を放っておくわけにはゆかない。世界とか濁りとか戦争とか、そういう人間の歴史なんて、母さんの言う通りどうでもいいんだけど、ハセガワとの約束だけは守らなきゃならない。何しろ僕にとって生れて初めての約束なんだから。母さんの、殺しなさい、は約束っていうより命令だからね。

あの女の人を母さんの代りだなんて思ったんじゃないでしょうね。

ハセガワはどうして母さんみたいに話しかけてくれないんだろう。

女が話しかけるとしたら夫か子どもに決ってる。
夫も子どももいなかったら？
それが一番羨ましい、誰かに話しかけるなんて面倒なこと、しなくてすむんだから。

夜盗たちはボトルとチューブを分け合って仕度をすると、倉庫を出ていった。うしろ姿が重たい影だった。灰色の夕日の中へ、何人かずつの塊になったり一人だったり、と少しずつ散らばって遠くなった。その中にもあの時母さんを戸棚の扉に圧しつけたやつがいた筈だけど、僕は、追いかけていって母さんの仇を討ちはしなかった。男たちと一緒に逃げ出さないように連隊長が僕の頭に銃をくっつけてたから、だけじゃなくきっとそれ以外にも、でもそれ以外には、やっぱり理由はなかったと思う。親の仇を討つなんてことは、その当の仇から銃を向けられる前にしか言えないものなのだ。

一人残らず出ていったあと連隊長に銃の先で頭をコツコツ叩かれながら倉庫の奥に追い詰められていった。壁際に階段の降り口が見えた。銃の先は、銃というのは弾を撃つのではなく本当はこうやって使うものなのだとでもいうように、しっかりとうしろ頭に押しつけられた。ハセガワがこうされていたとしたらどうしただろう。どうすればなどと考える前に行動を起し、相手を殺しているだろうか。

考えるのをやめて階段を降りた。
周りを針金の檻で囲まれた小さな電球が、ところどころにぶら下がっていた。光は弱く、足許だけがどうにか見え、あとは闇だった。吸い込まれて息が出来なくなるのかもしれなかった。どこまでも続いた。階段を踏む二人の足音だけが聞えていた。あまり響かず、泡みたいに出ては消えた。母さんは黙っていた。何もない濁った世界を思い浮べた。頭の上の方に本当にある世界なのに遠かった。僕は間違っていたんだ。何もないんじゃない、いつかハセガワと一緒に世界を歩いたことを覚えている、忘れないでいる、ということだけは確かに、ここにある。忘れないでいることは幽霊よりもぼんやりと頼りなかった。僕は頼りないものに必死にしがみついていた。摑めば摑むほどよけい頼りなくなっていった。頼りなく小さくぼんやりと思い出し続けた。階段は降り続けていて降り切れず、咳で立ち止る度にまた銃の先が頭に押しつけられた。

あの声が聞えた、ということは聞えた気がしただけだ、きっと。神様、じゃない、神様に背いたものの鳴き声。神様がこの世界を見捨てていなくなったあとも神様に背き続けて声を上げている。まるでもう一度神様に戻ってきてもらいたいかのようだ。それとも、背くものが鳴いているのだから、いなくなったと見せかけて、神様もまだどこかにいるんだろうか？

いたのは神様じゃなくて幽霊だった。女が一人、闇の下の方から白く漂ってきて、消えた。女が現れた方へと、僕は向ってゆく。階段はどうやらまだ下っているらしい。

前の方、つまり下の方に何かがある。闇の中にあるのだから、光だった。細い光の針が縦横に何本か走って四角を描いていた。さらに降りてゆくと光は向う側（この闇に向う側があったなんて！）との間にある大きな扉の隙間から漏れてきていると分った。階段が終った。

銃がうしろ頭を押した。僕には他にしたいことも出来ることもなかったので銃の動きに押されて扉に近づいた。ずいぶん前にも扉を開けようとしたことがあった。光の針をなぞって、指が把手を見つけた。前の時はこんな親切なものはなかった。だからこの向うに母さんがいるわけがなかった。

でも、開けるよ母さん、いまさら助けてはあげられないけど、とりあえず。

「どうして俺がお前を助けたか分るか?」

手の動きが止った。光の針が指に刺さりそうだった。

「出てったやつらはお前が俺やあれに女の代りとして扱われると考えてたようだが違う。俺にもあれにも、女や女の代りの男などもう無駄でしかない。だが俺とお前にはもっと切実なつながりがある。覚えているか。俺はお前の顔をここで初めて見たが、声は聞いたことがある。」

手は把手にかかったまま凍りついていた。

何が起って何を言われているのか分らなかった。銃がうしろ頭をつつき、

「早くしろ、と言ってみろ。」

「どうした、あの時みたいに、早くしろ、と言ってみろ。」

喉が干からびて声が出ず、代りに胸と腹から何かがこみ上げてきた。普段なら頭に思い浮べる筈の何か、いままで過してきた世界の最悪の思い出だった。それはまさしく、あの時、のことだった。

「言え、あの時母親を見捨てたみたいに。だろう？　あれはお前の母親だったんだろう？　お前の街を襲って母親をああしたのは、この俺だ。さあ、言、え。」

　僕はまた扉の手前で何も出来ず、

「早く、しろ。」

「やっぱり間違いない。最初に声を聞いた時に思い出した通りだ。自分の母親が何をされているか知っていて、お前はそう言った。」

　あの時、口に出した覚えはなかった。頭の中で呟いただけの筈だった。

「お前はまるで祈ってるようだった。小さな声で一度だけだったから仲間は気づかなかった。あの時お前を殺さなかったのはな、通じ合っていたからだ。すぐ傍に俺と同じやつがいると分ったからだ——何？　なんと言った？」

「……じゃない。同じじゃない。」

「それはお前の考えだな。」

「同じじゃない。」

「お前の考えを聞いても意味はない。俺とお前が同じなのは考え方ではなく事実だ。この世のことを何も考えていないところがそっくりだ。何も考えないのが、一番正しい人間の態度であることは、お前も分っているだろう。いまのこの世のことを、何者かが考える、そんなことはかつていたらしい神にでも任せておけばいい。お前が口の中で祈っていた神、かつての時間の中にしかいないかつての神にだ。いまのこの世では、すぐ傍で母親がどんな目に遭っているとしても、子どもであるお前には何も出来はしない。無理で無駄で無意味だ。いなくなった神に向って祈るというお前の無意味は、いかにもこの世にふさわしいとも言えそうだが。」

「同じじゃない。」

「ではなぜ、早くしろ、などと言った？　なぜ出てきて母親を助けようとしなかった？　俺と仲間とが好き放題をやっている間中、どうして閉じ籠ったままだった？　なぜ行動しようとしなかった？　なぜ、早くしろ、と言葉だけで終った？　無理だったからだろう？　俺たちから母親を取り戻すなど絶対に無理だと、分っていたからだろう？　自分にはなんの力もない、目の前で男にしゃぶり尽されている母親を助けるなんて出来るわけないと確信したからだろう？　絶対に出来ないことをやってみようとする気持や覚悟がなかったのだろう？

人間として女として一番の苦しみを味わっている母親を見捨てて、自分を守ったのだろう？

もっとも、お前が生き残ったのは俺がお前を殺さなかったからだが。あの時あの場にいた男たちは、俺も仲間もお前も、誰も女を助けようとしなかった。苦しんでる女を助けるほど暇な男は、この世にいないということだ。もし時代がいまでなかったら、神が見守る時代であったなら女を助ける立場だったかもしれないお前が助けなかったのは、俺たちよりもっと純粋に絶対に助けなかったということだ。早くしろ……あれは祈りであり命令だった。お前はいない神に祈る言葉で同時に俺たちに命令したのだ。まるで神になったかのように、早くしろ、と促したのだ。陳腐な言葉を使うなら、俺は感動した。この世にある全てと漂う空気全て、この世に生きねばならなくなった人間の血と肉の全てを混ぜ合せた渦の中から搾り出された純粋な一滴がお前に宿っていると感じた。だから俺はお前を殺さなかった。自分と同じ、いや自分より純粋で高度な、自分とは比べられないほど純粋に女を助けようとしない存在に、俺は感動したのだ。だが、お前よりもっと純粋で殺しようがないものを、見せてやる。お前がここに辿り着いたことを無意味にするものを、見せてやる。」

連隊長は扉を自分では開けず、また僕の頭に銃の先を当てただけだった。あの時はなかなか開かなくて蝶番を壊さなければならなかった扉が、いまなら簡単に開く。向う側には光がある。母さんがいそうにはない。上着の内ポケットを外から触ってゴムの袋を確めると、把手を捻って扉を開けた。

光があった。世界は光だった。僕まで光になってしまったのかと思った。針が刺さるどころか僕自身が針になって何もかもを突き刺しそうだった。僕に突き刺されずにすむものなんかこの世界に一つもないのがはっきり感じられそうだった。やがて僕の目は、決して弱まりはしない光が、基地の中を明るく照らし出すのを見た。空気は酸っぱいような塩辛いような匂いを持っていた。濁りはなく、空気が澄んでいた。うしろの気配に振り向くと連隊長がマスクを取ったところだった。髪はなく、左目を挟んで上下に傷があった。

「ここは外部ほど濁っていない。だが以前に比べればこれでも汚れている。そのうち完全に濁る。」

そう言うと僕のマスクも剝ぎ取った。

基地は、どうやら全体が、下から上に向って緩やかに窄まっているらしかった。頂上の部分はさっきまで（さっきというのはいつのことだろう、何時間か何日か、まさか何か月ということはないだろうが、それはまさか三、四秒前ということはないだろう、というのと同じだから、結局のところそうとうの時間であり、同時に時間とも呼べないくらいほんの少しの間とも言えた、というよりそうとでも思ってみるより他になかった）いた倉庫の床より上、どころか天井にまで届いていそうだった。上ではこんな三角形の光の塊なんか見なかった。とすると僕がいまいるのはかなり深い地下ということになる。基地の内側は鉄板を大きな釘や鋲で張り合せてあり、全体が錆びていた。なのに頑丈そうだった。空中には壁から反対の壁へと真横や斜めに、無数の通路や梯子がかけられていた。それらを壁から吊っている鎖やワイヤーが、もつれそうになりながら、ところどころでは張りつめ、別のところでは頼りなくたるんでいた。僕は無性に、どれでもいいから一本摑んで引っ張ってみたくなった。連隊長は頭に銃を突きつけたまま何も言わなかった。

基地の中央の、少し上の方には、人間の形をしたものが吊されていた。果してそれが古い新聞で写真を見ただけの司令官本人かどうか確めようもなかったけど、通路やワイヤーや壁が司令官なわけがないから、人の形をしたこれがどうやら、あれということになるらしい。全身は薄い鉄板をつなぎ合せたもので覆われている。服の形の鉄に体を嵌め込んであるとも思えるが、関節の部分に革も使ってあるから動けなくはなさそうだ。だが手足はだらりと垂れ下がっている。両腋と腰から伸びるワイヤーが真っすぐに張り詰めて壁に刺さっている。押せば揺れそうだが、案外ぴたりと空中に固定されているのかもしれない。顔は俯いているが光は当っている。目は暗い。全身を覆う鉄の服、その両脚のつけ根の間、僕がうまく使えなかったあの真ん中の部分から斜め上へ向って、関節に張られているのと同じ黒い革で覆われたよく光るものが伸びている。根本のところは木の枝くらいしかなく折れそうだが、上へゆくに連れて太くなり、大きさは司令官本人の三倍はたっぷりありそうだ。中ほどのところは太った腹のように、新品のチューブのようによく膨らんでいて、ナイフをちょっと当てただけで破裂してしまいそうだ。中身が水や血や肉でなく火薬なら爆発だ。革と革をつないでいる糸の縫い目の点々が、これを嚙み破ろうとする歯の感じで光っている。上の方はまた細くなって尖り、一番先も小さく光っている。

さて、連隊長の銃に押されて細い通路を、両側の手摺に摑まりながら、空中の司令官に向って歩いてゆく僕の目に、それは扉を開けて光の世界に入ってきた時から、司令官よりも、ひょっとすると世界を作っている光よりもしっかり見えていたかもしれない女たちの姿が、よりはっきりと映ってきた。あまりにそこらじゅうに、光よりもたくさんいた。幽霊なんじゃないかとよく見てみたが、やっぱり本物の人間の女でしかなかった。どこかにある光の塊を大きな掌の中で砕いてばらまき、一粒一粒が闇よりももっと光から遠い姿になって、光になんか戻りたくない、そんな大きな何かとして世界の隅々まで照らすなんて面倒だと、無言で叫んでいるかのようだった。通路に座り込んだり、基地の内壁に凭れかかったり、梯子を器用に上り下りしては女同士、僕たちの方を指差して笑ったり、髪を掻き毟りながら恐しい速さで動き回ったり、壁とどこかをつないでいたワイヤーの切れた端にぶら下がって揺れていたり、もう飽き飽きしてしまったという目なのに口と喉を嬉しそうに伸び縮みさせてボトルやチューブを啜っていたり、何かを考えて考えて考え過ぎたために自分は要するに何も考えていなかったのと同じだと気づいた目で、じゃなかったら幽霊を探し求める目でやはりこっちを見たり、せっかく寄越した目をすぐに背けてしまったりした。薄くて体の線がはっきり分る、全く同じというわけじゃないのに生地や形のわずかの違いこそが全てを同じものに見せもする、同じでない服を着ていた。同じでないのは女たち自身のことでもあった。こんなにたくさんの女があっちこっちにばらけているのならいっそ、男が司令官一人であるのにならって女も、全部の女を混ぜて固めた大きな女が一人だけいればよさそうなのに、たくさんなのだった。もっとも、女たちの何かが完全に違っているとしたら、ここの女同士ではなく僕の街に生きていた女たちとの違いだっただろう。街では濁りと風の底に沈んで、痩せて、世界を諦め切っていた女たちの目や頬や、体つきが、ここでは力強いのだった。女でも男でもこんなに肌が綺麗で表情が次々に変る、いきいきとした、幸せそうな人間を見たことがなかったので僕は怖くなった。

　うしろで銃が二度続けて鳴ったが別に僕が撃たれたわけではなかった。女が一人服に血をつけて呻き、数え切れない他の女たちが連隊長に群がっているところだった。また発射音が聞えて別の女が倒れた上を飛び越えた連隊長が銃で女たちを威嚇しながら僕の腕を掴み、司令官のいる方へ通路を進んでゆく。

「女たちは俺とお前を狙っている。命ではなく体をだ。あれは、もう死んでいるのも同じ状態のくせに、女を攫(さら)ってくるように俺たちに命じた、背けばいますぐ基地を爆破すると。あれ自身にここを破壊する力があるかどうかは分らないが、とにかく水と食料の代金のつもりで俺たちは女をここへ連れてくるようになった。俺たちも女を欲してはいたのだから。女たちは逃げるわけがない。濁りはないし、飢える心配がないのだからな。だがさっきここを出ていったあいつらは女たちの怖さを知って、ほとんどこの地下へ降りてこようとはしなかった。見ただろう、俺に女たちが群がっていたのを。ここの女たちは十分な水と食料で体を保ち、常に男の体を求めている。俺だけが、あれに情況報告をするために何度もここへ降りるハメになっていた。やはり爆破すると脅されてのことだ。だから俺の代りに女たちの餌食(えじき)になる男を伴う必要があった。勿論俺だって女の体を頂戴して満足を分けてもらいはするが、毎回毎回女たちに体を与えていたのでは、持たない。あれは女を望み女は男を望む。だがそれももう終りだ。仲間が出ていったいま、あれがどう出てくるか分らない。女たちもこれまで以上に暴れるかもしれない。そうなる前に、こちらがあれを破壊する。」

　連隊長はまた撃って、血の滴が飛び散ったが、女たちはもはや威嚇には怯えずに、連隊長に向って近づいてき、取り囲み、明るくて幸せそうな（この二つを人間が持ち合せているなんて、この時になっても僕にはまだ、別の国とか星で何百年か前に滅んだ別の生き物のことだと感じられた）笑いを顔と声に乗せて、まるで食べ物を見つけたみたいに手を伸ばし、連隊長は見えなくなった。銃が鳴り、頭の四分の一ほどを吹き飛ばされた女が、自分の肉の欠片を追いかけて真っ逆さまに基地の底の方へ落ちてゆく、笑い顔を冷たく固めて。

もう銃は鳴らなかった。女たちは、あの嬉しそうな、苦しそうな声を上げていた。基地の壁の隙間や柱の陰に隠れて世界が終るのを待っていた、あるいはボトルとチューブいっぱいで濁りのない基地の暮しが永久に続くと信じていた女たちが、這い出て笑って叫んで、いまはもう女の小山に埋もれた連隊長から僕へと目標を切り替えて近づいてきた。通路の反対方向へ逃げようとしても、女のいない方向なんてもうどこにもなかった。左右の目が別々のところを見ている感じの、よだれと鼻息の女たちが飛びかかってくる前に僕はもう一度、連隊長がいるあたりを見た。母さんの仇を討ったのだと思った。思うしかなかった。思っている場合じゃなかった。僕は伸びてくる女たちの手をかわし、すがりついてくるやつを振り払った。それでも笑いながら向ってくる女の顔を、拳で殴りつけた。一瞬だけがくんとのけ反って、また向ってくる。そのうしろからも横からも、梯子の上の方からも来る。どれが人間でどれが幽霊だか分らない。また殴る。肩と足首にしがみついてくる。殴る、つもりが手を摑まれ笑いに取り囲まれる。体をめちゃくちゃに捩って通路が揺れる。振り回す拳や蹴る足がたまたまうまく女に当って気絶させはしてもあとから数が増えて迫ってくる。僕は通路をどうにか逃げ梯子を上り下りしたが、逃げるというよりただ基地のあちらからこちらへと、さ迷って、行ったり来たりしているだけだった。女の中にはボトルやチューブを僕に見せて誘うやつもいた。僕が出入口の方へ行こうとするとひときわ女の壁が厚くなり、だんだん輪を狭められ、いつの間にか、宙吊りの司令官の下あたりに追い詰められていた。連隊長は、壁のくぼみに引きずり込まれているがまだ殺されてはいないようだ。女たちに体を与えていれば死なずにすみそうだ。殴ったり蹴ったり逃げたりの力が弛むのを感じた。諦めて弛むのと疲れて体が動かなくなるのはきっと同じだ。

司令官の真下、金網が円く巡らされて足場になった、基地の真ん中に追い詰められた。上には司令官の影と光があった。僕は母さんを聞いた。

あいつはまだ殺されてなんかいない。

きっと女たちが——

お前じゃない誰かに殺されるのを殺されたとは言わない。お前が殺すのは母さんが殺すのと同じ。そのためだけにお前はそっちに残ったんだろ？　殺す以外、お前に何が出来るっていうの？

母さんは僕を助けないの？　あの時、僕が助けなかったから？

こう訊くと、母さんはすぐに答えてくれた。つまり、何も言わなかった。僕は女たちに追いつかれ、囲まれた。何も言わなかった。殴ろうとする手、蹴ろうとする足を引っ張られ、倒された。何も言わなかった。ベルトが初めから外れていたかのように簡単にズボンを、下ろされるか下ろされないかのうちに下半身に無数の手が張りついてきて体が女たちの手でこすられ溶かされてゆく気がするのにいつまでも溶けず気持悪さだけが手の数と一緒に増えてゆき、何も言わなかった。押えつけられた体が金網に食い込み、体を捩るつもりのつもりだけが僕の体を離れて宙に浮んでその向うに人の形の影がぶら下がっていて、何も言わなかった。下を全部脱がされた。手たちは僕の下半身に、くり返しくり返し、素早く荒々しく触れ、かと思うと丁寧に、珍しそうに撫で、僕の体の方も反応し、女の手と指の力であちこちにそれまでになかった道が出来、広がってゆく感じがした。道は最初、僕の肌にちっともなじまず、とても自分の体に起きていることとは思えなかった。尻や脚、失敗の原因でしかない真ん中の部分はまだ、女たちの指の動きに、震えて縮んでいた。何も言わなかった。女たちが目と歯を剝いて笑っていた。嗅いだことのない、体の内側が焦げている熱い息が僕にかかり、光に焙(あぶ)られてにおいが強まり、捩るつもりだけはいまも元気に溢れ体の方は動かず、自分の胸のあたりに何かこれまで感じたことのないものが湧いてくるのを、馬のような女たちに押えられいじり回されながら、確かに感じていた。なんなのかはまだ見えなかった。女たちは僕の上半身にも手を這わせ、上着とシャツの釦を引きちぎり、ゴムの袋は大丈夫かと探ろうとする手を女たちが唇と舌ですぐにべとべとにする。何も言わなかった。真ん中はまだ震えていた。発射の準備も全然出来ていなかった。意識はしっかりしていた。唾(つば)まみれの手を力いっぱい振り回した。何人かには当った。さらに動かして引っ搔き、爪を立てた。女の皮が裂け血が出、叫んだ一人が僕の頬を平手で叩き、目、鼻、口を大きく波打たせ、膨らませ、いきいきと笑い、自分の皮と血がついた僕の指を音を立ててしゃぶった。胸に湧いたものが強まって、少しずつ溢れて体のいろんなところに染みてゆくけど、気持悪いことに変りはなかった。女たちの舌は僕の腋、乳首を舐め、かじり、へそに溜った唾か汗か血を吸う。一方下半身の、どれほど臭いか思い浮べたくもない足指も足の裏も、女たちの口の的になる、当然、真ん中の部分も。舐めるだけ舐めて、吸って、ここまで来ればあとは食べ始めるしかなさそうで、実際に歯も当っているからいつがぶりと来るかと、まだ冷静に考えてはいるが、口の動きは柔かく続く。何も言わない。

突然女たちの笑いが聞え、僕は自分が弱い犬みたいに情ない声を上げたことに気づく。声に連れて、胸に湧いたものが、体の隅々まで、さっき敷かれた新しい道の全てに染み渡ってゆくのが分る。女の一人が汚れてべとりと体に張りついた服をずり上げて、片方だけでチューブ百本分も詰められそうな乳房を突き出し、言葉ではなく鳴き声に似た何かをわめきながら僕の顔に押しつけた。丸い肉で出来た生き物が二匹、乗っかって、暴れ回っている。顔全部が乳房で塞がり、目や頬や鼻の痩せて尖っているでこぼこにも胸の肉が隙間なくなだれ込んで波打ち、動いているのにぴたりとくっついていて、乾き切った豆ほどの硬さの乳首が鼻の穴に入る、目を潰しにくる、唇を割って歯にごつごつと当る。女の指が両頬を強く押えつけ歯が開き、乳首が喉にまで刺さってくる。舌が乳首に触れた。塩辛い。女の呼吸が大きくゆっくりになり、すぐ小刻みになり、また大きくなり、胸も乳首もますます硬く、砕けそうになり、何も言わない。胸の奥から始まって道という道に広がったあの感覚は完全に体の隅々まで行き渡って満ちて、そこに留まったまま同時に体の一か所、真ん中の部分めがけて、まるで水が下から上へ流れるようなわけの分らない速度で駆け寄ってくる。真ん中の部分に指や舌をまとわせ続けていた女たちから嬉しそうな悲鳴が上がる。震えて縮こまっていた真ん中の部分に体の力の流れが集まっているのを自分でも感じる。まだ確かに残っている気持の悪さの合間に素晴しく甘くて鋭い気持よさが混り、だんだん大きくなってくる。でもやっぱりとてつもなく気持悪くて恥しい。女たちの舌が、硬くなってゆく真ん中とその周りの皮膚をこれまでより熱心に、まるでお腹を空かせてチューブに吸いつくように舐め回す。何も言わなかった。女が、僕の太股の上のところをめくり上げて尻の肉を舐める。痛みが来る。金網に押しつけられていた尻の表面が裂けている。女は傷を直に舐めている。呻きが出るが、真ん中の気持悪さとよさとは傷くらいでは引っ込まず、逆に痛みまでを力として奪い取ってしまおうとしている。咳は女たちを吹き飛ばせもしない。最後かもしれない力で体を、今度こそ本当に捩らせ、尻の痛みが増し、もう体のどこも動かせないと気づき、諦め、すると気持よさが強まるが、小さくはなっても気持の悪さも、むしろ小さくなればなるほど決してなくなりそうにはない。なくならないから、気持よさも伸び伸びと広がってゆく。隅々と真ん中と両方で高まってゆく。体じゅうの道があちこちでつながってゆき、体全部を覆い、体そのものになり、いまはもう気持悪さが気持よさの真似をして、体を埋め尽してもまだどこかへ向って動いてゆき、出口はどうやら真ん中なのにそこは硬く太く閉じて開きそうになく、開かない開かないと焦るほどここ以外に出口はないと感じられ、まだ出られないのはわずかに残っている恥しさのためで、女が何か吠えて僕の下半身に跨って腰をくっつけ、顔のところにいる別の女の乳首に唇と舌を伸ばして吸いつき、股の方では、まだ発射出来ずにいる真ん中に、女の股の真ん中があてがわれ、女の指が僕の硬い真ん中を自分自身の真ん中に呼び寄せて、僕の先っぽのところと女の柔かい何かが触れ合い、股の上で股が動き、すぐに僕は包まれ、女も僕も動き、沈み、浮き上がり、また沈んだその底へ向って逆に浮き上がってゆき、真ん中が僕の全身になり同時に僕を振り切り、世界ではない何かが光って猛烈に弾け、発射が起り、続き、発射、発射ばかりで、包んでいた女は何か叫んでいっそう激しく動いていたがどうやら女の方では何も光らなかったらしく、いきなり僕の頬を殴りつけ、発射は終り、女が真ん中を引っぺがして立ち上がり、初めて聞き取れる声で、

「男なら我慢しろ。見倣え。」と、司令官を指差した。

光と発射と殴られた痛みとで暫く金網の上で横になったままでいた。女たちは笑いと唾を僕に吐いた。やっとさっきの女の声に反応して、司令官を見た。僕から離れた女たちが司令官の真ん中の、黒い革の塊に取りついているのだった。そこで女たちが何をしているのかはっきりとは見えなかったが、あの嬉しそうで苦しそうな声を上げていた。金網にめり込んだ尻をどうにか剝がし、ズボンを穿いた。ブーツはなかった。片方の袖を脱がされた上着の内ポケットを確めた。ゴムの袋は入っていた。逃げようとしても力が抜けて歩けずしゃがみ込んでしまった僕を見下ろした女たちが、ボトルとチューブを差し出した。女たちに笑われながら飲んで食べた。真ん中は縮んでいた。驚いたのは壁のくぼみの方から連隊長の荒い息を聞いたことだった。あのあと銃の音を聞いた覚えはなかったが通路や壁には連隊長に撃たれた女たちの体の欠片や血がこびりついている。

これが母さんの望んでたことなの？　僕が母さんを助けなかったから？　そうなんだとしても、そうじゃないって、僕は思うことにするよ、母さんと僕のために。この世界で誰かのために何かを思ったって意味はないかもしれないけど、そうでも思わなきゃちょっとやってられないからね。何も言わないんだね。あいつを殺せば、僕を許してくれる？　そうなんだね？　仇を討てばもうこんな目に遭わずにすむ。殺しさえすれば、殺しなさいって命令されずにすむ。仇討ちなんてほんとはしたくなくて、早くここを抜け出してボトルとチューブにありつけるだけでいいんだけど、仇討ちなんてほんとにほんとに、面倒くさくて怖くてもうどうでもいいよっていう感じなんだけど、いまの僕から仇討ちを取ったらあとはただの僕がただのこの世界のこんなところにいるだけになっちゃう。母さんに許してもらえなくなっちゃう。早くしろっていう声を口の中に押し戻すなんてもう出来ないんだから、あとはいやいや仇を討つしかない。討ちたくない仇を討って、僕の早くしろとも、母さんの殺しなさいとも縁を切って、もっと違う言葉を言い合わなきゃいけない気がする……

　でも僕が連隊長の死を見届けたのは、確かなことは言えないけどたぶん丸二日くらいあとだった。あれの下から壁のくぼみまでは通路一本でよかったんだけど、僕は発射で疲れ切ってたし、真ん中の丁度裏側に当っている尻は金網にざくっとやられたあとが、動く度に痛かった。なんといったって女たちが僕と連隊長を完全に手放したわけじゃなかった。ボトルとチューブで手なずけて僕の真ん中が力を取り戻すと、また迫ってきた。一人一人なのに流れだった。この世界には水の流れの代りに女たちの体が流れているのだった。前の疲れが残っていたおかげで今度はすぐには発射しなかった。僕の回復を待ち切れない女たちは連隊長や、あれに向ってゆく。その間に通路をほんの少し進めはしたが、女たちの中には実際に股を合せなくて僕の体を触るだけでもいいというのもいて引き止められ、触られ、舐められた。中には僕を仰向けに寝かせて顔に跨り、ここの女にしてはやけに優しい声でこう命じる女もいた。

「毛の間の、割れ目の一番上のところのやつ。もう膨らんで湿ってきてるでしょ。そこを舐めてくれればいいだけだから。」

乳首といいそこといい、体の外側に小さく出っ張った部分をつつかれると、女は気持よくなるものらしい。言われた通り、縮れた毛の間に口を持ってゆき、女の方も僕がやりやすいように位置を調節してくれ、唇をまずつけて、それから舌を這わせ、濡れて光っている小さな膨らみに触れた。女が今度は女らしい意味不明の、嬉しそうで苦しそうな声を上げ、腰をがくがくと震わせた。僕が震えていたのとは違い何も縮まず、反対に膨らみはさらに尖って硬くなった。濃いにおいがした。水が溢れていたが小便よりは粘り気があった。腰の震えが小刻みになってきたところで女が顔から離れ、僕の真ん中を口にくわえ、舐め回した。疲れがまだあったのですぐに高まりはせず、だんだんと見えない波が寄せてきて、気持いいのだった。他に何もなかった。味わった。気持いいと感じることそのものが気持よかった。真ん中が硬く立ち上がった。女は口を離し、僕に跨り、真ん中に真ん中を沈めてきた。僕は包まれて、どこまでも気持よくなっていった。硬いままだった。女が腰を前後に振った。発射を目差して上ってゆき、頂上との間が縮まり、近づいてゆくのにまだどこまでも果しなく上ってゆけると信じた。女が明るく叫び、全身を大きくくねらせてどこかから落ちた。動きが緩やかになったので僕は慌てて自分で腰を小さく振って辿り着き、女の中に発射出来た……

他の男たちが基地から出ていったと知ると女はぐったりとなっていた顔を急に強張(こわば)らせ、すぐに叫んで笑った。どれほど透きとおった声よりもよく響く嗄(しわが)れ声だった。母さんともハセガワとも違った。

「仕方ない、数いればいいってもんでもないし。」

司令官と連隊長を殺すと言う僕を女は真剣な目で見た。

「男っていうのは最後の最後まで御苦労なことね。ま、あんたの勝手だけど、殺す前に、まだ生きてるかどうか確めないとね。」

立ち上がってみると女はずいぶん背が高かった。壁のくぼみまで歩く途中で僕に手を伸ばしてくる女たちを背の高い女は払いのけたり蹴ったりしたあげく、中の一人を抱え上げると基地の底へ投げ落してしまった。

「手伝ってもらえるよね？」

「何を？」

「いまみたいに投げ落すのを。」

くぼみでは女が三人、連隊長を体全部を使って舐め回しているところだった。ずっと前に

僕の街の男たちが雄牛を食べていた時のようだった。背の高い女が退屈そうに、

「生きてたよ。あんたとこいつだけがあたしたちの体を埋めてくれる最後の男ってことになるのよね、あれを勘定に入れなきゃの話だけど。こいつを投げ落すとなんかあたしにいいこと、あるっていうの？」

「僕、ずっと、ここにいる、ここがもう終りなら、どこへ行っても言うことを聞く、生きてる間は。」

「自分が何言ってるか分ってるんでしょうね。」

「お願いだから――」

「お願いですって？」と女は目と声の両方を剝き出しにして、「男が女に向って簡単にお願いなんてするもんじゃない。誇りってものが少しも残ってないの？　あたしはお願いなんか聞かない。これは、取引き、そうでしょう？」

　女が傍に立ったのに気づくと連隊長に群がっていた女たちは、ものすごい速さでうしろに飛びのき場所を空けた。まるでこの女の周りの空気にはね飛ばされてしまったように見えた。

　女たちに食い尽された連隊長はくぼみに生えた苔みたいだった。汗まみれの体を起した。左目は生きた右目より強く光った。力はなかった。

「どうだ、お前も女たちとしたいだけしたんだろう？　ここが気に入っただろう？　気持よかっただろう？　一度味わえば決してやめられなくなる。この世がどうなろうが濁りがひどくなろうがあれが火を吹く日が来ようが来まいが、女の体ほど全てを満たしてくれるものは

ない。そんなことはない、とは、絶対に言わせはしない。ひょっとすると、あの時からか？　まだお前自身が経験していなかった時。そうだろう、あの頃お前はまだ女を知らなかっただろう？　お前は扉の内側で母親を助けようともせず、早くしろと祈りながら俺がやり終るまで待っていてくれた。まるで俺の欲求を完全に理解しているようだった。俺が味わう快楽をお前も味わっているようだった。きっとあの時、未経験のうちにお前は女の味を覚えたのだ。俺とお前でお前の母親をしゃぶり尽したというわけだ。気持よかったか？」

ちょっとだけ喋り過ぎてしまったなと、真っ暗闇の中で連隊長は後悔したに違いない。なぜなら、背の高い女に抱え上げられて基地の底へ投げ落される前、柄にもなく腹を立てた僕に、光と自分とをつないでいた右目に指を突っ込まれ眼玉を抉り出されてしまったからだ。でも血しぶきと叫びを残して落ちてゆく連隊長は、周りが見えないのだから、きっと怖くはなかったと思う、痛くてどうしようもなくて最後には死んでしまったのだとしても。

母さんの声が聞えてくるのを待つ間に、背の高い女はさっそく僕にすがりついて触ったり舐めたりし始めた。

「取引きがもう一つ残ってる。」

「あれを殺されたら、当分あんた一人になっちゃう。この小さなモノ一本でここの女全部を引き受けるのは無理よ。それにあれを壊すだか殺すだかって、なんだってそんな腹が膨れもしないしあそこが気持よくなりもしないことしなきゃならないわけ？」

「約束したから。」

「誰と？」

「……母さんと。」

「子を産んでないあたしからすれば親子の約束なんてまるっ切りの空約束でしかない。なんであんたのお母さんがあれを殺したいの？」

「……司令官が、この世界の濁りの原因で、それを作ったのは人間で、だから、責任がある。殺したって濁りはなくならないけど、ほんの少しの意味ならある。まだ消えてない。そう言ったんだ、母さんが。」

「何が消えてないって？」

「僕らが。それから、たぶん、意味も。」

僕が上着の内ポケットからゴムの袋を取り出してみせても、背の高い女は顔つきを変えず、

「これで何をするっていうの？」

「分らない。でも開けさえすれば司令官を殺せる。」

「あんたのお母さんがそう言ったの？」

「絶対に、殺せる。」

あいにく袋の口はゴムを溶かしてしっかり封がしてあり、ナイフももう手許にはないから、爪を立てたが、傷もつかない。嘲っているような溜息が聞え、効き目のない力を籠めている僕の手から袋を取り上げると、

「あたしがいまからこれをどうすると思う？　あんたが片目潰したあいつとおんなじに投げ

落す、それしかない。そうすればいままで通りに、あれを味わえる。この世の中のどこがどう狂ってたってこいつを投げ落すしかないっていう常識くらいはあたしにだってある。世の中っていうのはきっとそういう風に出来てて、そういう風以外には出来てない。」

僕は思わず叫ぶところだった。女が、どこか遠くを見る目で、すぐ傍にいる僕を見たからだ。僕は何かを言いそうになったがそれがなんなのかは分らなかった。

「でもそういう風以外の世の中が、ひょっとしてどこかにあるの？　死んでるのと変りのないあれを正真正銘殺しちゃって、ありがたくて気持のいいここを出て……」

女がますます遠くを見る目で僕を見たので、僕は自分が基地ではなくてどこかずっと遠いところ、この世界の外側にでもいる気分になりかけたけど、勿論まだこの世界の内側にしっかりと生きているのでしかなかった。基地や世界の外の遠いどこかのことを考えながらすぐ目の前の女を見ているうちに、さっき何を言おうとしていたのかが分った。

「神様を信じてるの？」

女は今度は間違いなく遠くじゃなくてすぐ近くの僕を、すぐ近くなんていう場所があることに初めて気づいたみたいに見た。笑ったのかもしれなかった。

でも、開けた口でゴムの袋をくわえ、封を嚙み切る、ということをやってのけたので、本当に笑ったのかどうかは分らなかった。歯で作った裂け目を指で押し広げて中を見た女は、本当に笑うと、僕に差し出した。受け取って、中を見た。

遠くでも近くでもないものが見えた。袋の中には、何もなかったのだ、何も。

「とんだ神様ね、とんだ母親ね、ほんとに。そうよ、その調子、そうするしかないでしょうよ、ねえ？」

　女に言われ、僕は自分も笑っているのに気づいたが引っ込めようともせず女と目を合せると、一生分のボトルとチューブを手に入れたように笑った。生れて初めて自分の笑い声をはっきりと聞いた気がした。

「結局のところはね、あんたたち生きてる男の役目っていったらあれを完全に殺して世の中を引っくり返すことなんかじゃなく、せいぜいあたしたち女を気持よくしてくれることくらい。それで上等じゃないの。」

　笑いは止った。女は長い腕を伸ばして、僕の真ん中にちょっとだけ触れた。硬くなりも膨らみもしなかった。女は僕の両肩を強く摑むと、

「来なさい。あれがどういうものなんだか、あれの顔がどのくらい男のモノにそっくりか、分らせてやるから。」

　女は咳のやまない僕にもう力がほとんど残っていないと知ったのだろう、抱え上げて背負うと、通路を進み、高々とぶら下がっている司令官の方へ器用に梯子を上っていった。泣いていた。

　女が驚くほどゴムの袋に期待していたらしいので、僕はほっとした。嬉しい、というのはこういう時のことを言うのだ、きっと。袋の中にはなんにもなくて司令官を殺す約束を果せないのにどうして嬉しいのか知らないけど、でもこれは本当なんだ。何もうまくいっていな

くてこれからもうまくゆきそうにはないけど、女がハセガワの袋を、ほとんど神様を信じてるみたいに、どこにいるか見えもしないものを信じてるみたいに信じていたことは確かだった。きっとハセガワもそうだったんだろう。僕と会うずっと前、まだこの基地にいた頃、何も入れないままのゴムの袋、なんの意味もない袋の口を丁寧に張り合せる、ひどく大事なものが入っているみたいに。つまりはだ、世界で一番大事なもの、本当に司令官を殺せて戦争を終らせたり濁りを薄めていって完全になくせたり、海に鯨を泳がせたり、ボトルやチューブがなくても肉や野菜が心配なく食べられたり、世界をそういう風に変えてしまえる素晴らしい何かが入っているよりももっと丁寧な、大事そうな手つきで、封をしたんだろう。なんの意味もない、役にも立たない、世界を少しも変えはしないこの袋だけを信じて。中身が詰っていれば信じなくったっていい。意味のある何かが世界を変えてくれるのを待っていればいい。中身と意味以外に何もないそんな袋と違って、世界を素晴しく変えてくれる以外の全てが詰っている。目に見えて役に立って、空っぽの袋には、中身と意味以外の何かが。そんなものあったって誰も喜びはしない何かが。何もないのと同じ何かが。要するに、濁りに包まれたこの世界そのものが。ハセガワは、世界みたいな空っぽの袋を、たぶん、信じていた。信じる以外に何も出来なかったからだ。何も出来なくても、信じることだけは出来たからだ。

「咳で声が聞き取れない、何? ハセ、ガワ? 知らない。ほら、ちゃんと摑まってないとおっこちちゃうから。背負われるなら背負われるなりの覚悟をしてもらわないと。女の兵士？　さあ、いたかしら。ま、兵士だろうがそうじゃなかろうが、あれにとっては、女ならなんでもいいの。あたしたちは言ってみればあれの燃料ってわけ。いつ出来上がるんだか分らないバカでっかい力のバカでっかい兵器の土台になるあれの、燃料。知ってるでしょ、そんな兵器なんか、あれがまだ人間だった頃の寝言でしかないの。住んでた街から連れてこられたここの女たちにはこの世の中がどうなってるのか、戦争がいまも続いてるのか終ったのか、戦争よりもっとひどいことになってるのか、分りゃしない。でも、この世の中で濁りが決してなくならないってのとおんなじくらい分り切ってることがある。女が男たちの燃料だってこと。世の中に戦争も濁りもなかった大昔ならそんなこともなかったんでしょうけど。ハセガワっていう女に子どもがいた筈ですって？　さあね。そんなことは自分で女の腹を膨らませてから言ってくれる？　ここの女たちは男の種をうまいこと宿したってこの世の中どうしようもないってことをよく知ってるけどね。ずいぶん前にはここにも医者がいたからね、ほんとよ、軍が腰を据えてた頃の名残りね。そいつらが手術を引き受けてくれたけど、それからあとは自分で引きずり出したり出そうとして失敗して死んでしまったり、一度産んだあとで下に投げ落すか外の世界のどこかに置いてくるか……ちょっと頭のおかしなのになれば子を連れて基地を出てゆく。ま、そういうのはたいていが幽霊だけどね。着いた。殺したくても殺しようがないお方をよく拝むのね。」

　背の高い女が僕を下ろしたのは、鉄と革で全身を包まれて宙吊りになった司令官の真横の、踊り場のような四角い金網の上だった。傍にある鉄の柱に括（くく）りつけられた何本かのビニールの細い管の先は司令官の鼻や口、耳、さらに鉄と革の服の下にも差し込まれている。管のもう片方の端は別の柱にぶら下げられた二つの小さな薬缶につながっていた。女は柱の下に置いてある木箱から取り出したボトルの水を一方の薬缶に、チューブの中身をもう一方の薬缶に入れ、錆びが浮いている胴のところを両手で軽く揺すると、把手のところに、目盛のついた計測器のようなものと一緒に取りつけられているレバーを押した。面倒くさそうな機械音がして、水と食料が司令官に向って流れてゆく。世界で一番意味のあるボトルとチューブの中身を体に取り込んだ司令官は、一分もすると、たるんだ灰色の顔に少しだけ血の色がつけ足され、頬の肉が動いた、ように見えた。この飲んだり食べたりは生きている証拠の筈なのに、どう見ても生きているよりは死んでいる方に近かった。死人にも動きがあるのだ。死人という不思議な生き物が、死に続けるために飲んで食べているのだった。目を閉じ、肉は全体に垂れ下がっているものの、いつか古い新聞の写真で見た顔に間違いなかった。額の皺、太い眉、大きく垂れ下がった、自信のなさしか表していない、見ているこっちを不安にさせる目、言葉を一度も発したことがなさそうな窄まった口。女が言った通り、僕も持っている男の真ん中にそっくりだった。使い古されて発射出来そうになかった。

　上の方から女の叫び声が降ってきた。見上げると、革で覆われた司令官の巨大な真ん中のてっぺんのところが花の形に開いて女の下半身が見え、完全に呑み込んでしまうと、また黒い真ん中は元通り閉じた。

「久しぶりに食われちゃった。」

「食われたって、どういうこと？」

答えずに、僕の前で腰をかがめた背の高い女にまた背負われて梯子を上っていった。何段も行かないうち、すぐ横に、司令官の真ん中が見えてきた。呑み込まれた女がまだ黒い革の中で暴れているのが分る。内側から革を押す手足の形がはっきり浮んでいる。閉じた真ん中の周りの通路に群がっていた女たちはここでもやっぱり背の高い女を見るなりすぐに飛びのいたので、真ん中のてっぺんの部分に一番近い場所まで簡単に行くことが出来た。考えてみるとこの基地の中で、簡単でないものは何もなかった。生きるのも殺すのも、人間であることもあれであることも、真ん中同士をくっつけるのも、気持悪くなるのもよくなるのも、簡単じゃないことなんて二度と起りそうにないくらいに、全部簡単に起っているのだった。だから、もう一度女の背中から下りた時にあの神様だか神様に背いたものだかの鳴き声が聞えた気がしても、気じゃなくて本当に聞えたのだとしても、聞き間違いなんかじゃなく、簡単に聞えてきた記憶の中の声というだけのことだ。いつか聞いた声といま聞えている声の間には難しい違いなんかなくて、簡単に一緒というだけだ。

近くで見ると司令官の真ん中は、指でかすかに触れただけで破裂しそうなほど張り詰めていた。表面には白い糸で、革と革をつなぎ合せる縫い目とは別に、全体をぐるりと巡る形に様々な線が走り、いくつかの塊を描き出していた。いつか学校で見た。

「なんでこんなところに世界地図が描いてあるの？」

「つまりは男だからよ。男っていうのはいつだって世界が大好きでしょ。どれだけめちゃくちゃな手を使ってどれだけたくさんのものを壊しちゃったとしても世界を自分のものにしないと気がすまない、そうでしょ。そうじゃない男が一人でもこの世の中にいるなんてほざくと承知しないからね。こいつも男らしく世界を手に入れようって考えてまずは手始めに自分の大事なところを世界で覆ってみせたってわけ。」

女は長い腕を伸ばして黒い真ん中のてっぺんに触ってみせた。そこだけ特に尖って光っていた。女の指の動きに合せてうねった。

「あたしたち女がこのロクでもない基地を出てゆかないのは、空気が澄んでるからでも飢える心配がないからでもない、これが理由。この世の中でこれだけがあたしたち女を一番気持よくしてくれる。どれだけほんとのほんとに生きて動いてる男のモノよりも、死んでるのと変りない、ほんとに死ぬよりもっともっと悲惨なこいつの方がね。硬さ、動きの具合、強弱、なんといったって、いつまでもピンピンしててくれるからいつ柔かくなるか萎(しお)れるかって冷や冷やしたりせずに、こっちはしたいようにすればいいだけ。もひとつなんといったって、腹にチビが入り込む心配がない。」

女が素早く僕の体を担ぎ上げて黒い革の上に突き出した。僕は手足をばたつかせて逃れようとした。

「別にこいつの中に放り込んだりしないから。男だって分ったら吐き出すしね。」

女は片手の指でてっぺんの尖ったところの下の革をめくって中を見せてくれた。嗅いだことのない、鼻と喉を濃い塊で塞ぐ感じのにおいがした。黒い革の内側の一番上のところにはぐるりと歯が生えていた。人や馬や牛の歯より鋭かった。歯の列のすぐ下には内側の曲りに沿ってたわめられた剃刀みたいな刃がやはり一周していた。どちらも金属だった。そこから下に向っては血より深い色の肉のひだが何重にもびっしりと連なり、一番底のところには、さっき呑み込まれて砕かれた女の髪や指や骨が見えた。黒い革と司令官の本物の真ん中をつないでいるあたりにも金属の板やねじが埋め込まれ、板の表面では小さな青白い灯りが点いたり消えたりしていた。

「あたしたちにはこいつが生き物なんだか機械なんだか分らない。餌は鼻とか口のチューブに流し込むんだけど、この大きなモノはまた別の口なのね。さっき見たでしょ。あたしたちはこいつのこの先っぽに跨ってとことんまで気持よくしてもらう。たいていはそれで終り。あたしもこの通りこいつに食われてはいない。何十人かに一人ね、やられるのは。どういうのがお好みだかははっきりしない。若くてぷりぷりしたのもいたしあたしより年食って痩せてるのもいた。とにかくその時気に入ったやつをこの作り物のモノでバリバリやって食っちゃう。そうやって溜め込まれた力があそこから、」と司令官の背中から基地の壁へと伸びているパイプを差して、「この基地の全体に行き渡ってここの光になってるっていうのを片目の、あ、間違えた、最後には両目とも見えなくなったあいつがあたしの腹の上で喋ってた。この光が、いつか戦争に勝つための兵器の元になるとかっていうんでしょ。いままでこの世のどこにもなかったくらいのでっかい火を吹く、でしょ。」

「この世のどこにもなかったって、世界で一番大きくて一番最後の火ってこと？」

「意味の分んないこと言うやつは嫌い。なんにしても機械みたいなそうじゃないみたいなこのでっかいモノが女を食っちゃってそれがどうやって光になって兵器になるんだか、そこのところは、誰にもよく分らない。何しろ、こいつがまだ人間だった時に一人で考えて軍に作らせたんだから。その軍はどこ行っちゃったんだか、残ったのはいつ火を吹くか知れないこいつ一本切り。男っていうのは、いったいこの世の中をどうしたいわけ？　こいつ一本で何かがどうにかなるの？　あんたも女の体に突き刺すしか能のない一人前の男でしょ、いったい何がどうなってるんだか教えてくれたっていいんじゃない？」

女がまた泣いているので僕はものすごく面倒くさくなってしまって、なのに口は動いて声を出した、まるで自分じゃないみたいに。僕に言葉を教えてくれた母さんや幽霊みたいな老人たちや老人みたいな幽霊たちが喋っているかのように。

「世界のことは知らない。でも、約束はしたから守らなきゃならないんだ。」

僕の前には世界と基地と約束があり、銃もナイフもなかった。だけどこの時やってきたのは約束ほどぼんやりとしてなくて銃よりもナイフよりも危なっかしそうなものだった。

恐しくたくさんの足音が近づいてきて、上の倉庫からの階段とつながっている扉が、音そのものが扉かと思えるほど大きく軋んで開いた。先頭にいたのは仲間とここを出ていった、僕を殴ったあの男だった。うしろから、ハセガワが着ていた戦闘服に防護マスク姿の兵士たちが入り込んできて、通路や梯子を素早く進んだ。あちこちから女たちの、一応は悲鳴が上がった。せっかく眠っていたところを邪魔された舌打ちも混っていて、足音に比べてかなりのんびりした響きだった。新しい男が来てくれた喜びは、勿論感じられたのだけど。

殴った男は僕を見つけると、兵士たちの足音と女たちの声を自分の声でどうにか潜り抜けて、

「許してくれ。失敗だった。途中でこいつらに捕まって、ここを教えるしかなかった。」

背の高い女は僕にだけ聞える声で、

「本物の軍なら基地の場所くらい正確に知ってる筈だけど。」

「軍も夜盗もやってることはだいたい同じだ。ハセガワは違ったけどね。」

殴った男が出入口の奥に引きずり込まれ、代りに出てきた兵士は、服の左手首に銀色の腕輪を嵌めていた。基地の中を走り回っていた足音が止った。女たちはまだ泣いたり喜んだりしていた。腕輪の男が、持っていた小さな銃で司令官の黒い真ん中を差し、

「こいつは頂いてゆく。それまで黙って見ててもらう。我々は、抵抗しない者を絶対に傷つけはしない。いいな。」

子どもと言ってもいい男の声だった。僕はどうやらもう、子どもじゃなさそうだ。女は今度ははっきりと、

「いきなり乗り込んできて偉そうに言わないでよ。こいつを持ってくんならあんたのモノがどれだけ御立派か確めなきゃ。いままで体で女を喜ばせたことくらいあるんでしょうね？」

腕輪の男は子どもらしく戸惑ってこちらを見ていたが、思い出して銃を向けてき、

「我々の目的は戦争ではなく平和と秩序だ。こいつを持ってゆくのも戦争を早く終らせるた

めだ。」

そこで、荒くなる息を整え、いま言ったことに間違いがなかったかどうか点検するように何度か頷いた。この世界にしては珍しくきちんとした動きだった。

「我々はこの戦争で国や周囲に見放された者の集まりだ。生れて数年の子どもも混っている。大人たちは、どこをさ迷っているかも分らない政府を求めて我々若い者を捨てていった。普通なら夜盗に身を落すところだが我々は違う。政府でも軍でもない、家族でも、夜盗でもない、我々自身だ。我々の未来を奪った司令官からこいつを切り離し、この世界を破壊しようとする政府そのものを破壊し――」

男の声が途切れる前から僕も、司令官が揺れているのを知ってはいたが、この時ひときわ激しく震え始めた。体を覆う鉄板と革がこすれ合っていやな音が響く。黒い真ん中も、周りの壁とをつなぐワイヤーが切れそうなほど大きく揺れる。止っていた足音が、今度は慌てた響きを立ててさ迷い出す。

でも背の高い女だけは何も起っていない時の声で、

「始まった。いつものことよ。女を食った時だけ元気になって喋るの。」

震えが止って、司令官の顔は持ち上げられた。女は欠伸(あくび)をして座り込んだ。

声は機械だった。人間の声を真似るのではなく、機械そのものの硬さだった。口は動いていなかった。

「君タチノ未来ヲ奪ッタ司令官トハ、私ノコトカネ? オイ、ソコデ銃ヲ構エテイルオ前ダヨ、オ前。」
　腕輪の男は司令官に銃を向けたまま何も言わず、僕のところから分るくらいはっきりと震えていた。

「私カラ私ノ性器ヲ切リ離シテ、政府ヲ破壊スル……ナカナカイイ線ヲイッテイルジャナイカ。コノ国ノ若者モ捨テタモノデハナイナ。イイゾ、撃テ、撃ツガイイ。私ノコレガホシイノダロウ？」

　窮屈そうな鉄と革の腕を自分の真ん中へ寄せ、手でこすり上げる動きをした。女たちは世界になかった筈の幸せが見つかったというようにうっとりと眺め、兵士たちは一応の戦闘態勢を取ってはいたものの、この妙な光景に、どうすればいいのかと迷っているらしい。

「ドウシタ、撃タナイノカ？　ソウダナ、撃テルワケガナイヨナ。撃テバ基地ゴト木ッ端微塵ニナル。誰カガ私ノコレヲ私カラ切リ離ソウトスレバ、ヤッパリ一巻ノ終リニナル。」

　自分の背の高さがいやになりでもしたのか、いまはもう寝転がって片手で頬を支える恰好の女が、

「こすったってどうせなんにも出ないでしょうが。一滴でも出せるんなら、あたしは一生男なしで暮してみせるけどね。」

「黙レ。私ノ可能性ヲ否定スルノカ。」

「あんたは全く気の毒なやつだ。自分のモノをどれだけ立派に改造してこの世をいっぺんに吹っ飛ばせる兵器に仕立て上げたところで、肝心の子種はゼロなんだから。」

「オ前ハナゼイツモイツモ、ソコマデ私ヲ侮辱スル。」

「あんたが体全部で女を侮辱してるから。モノにそっくりな顔して一発も撃てないなんて、全く女をバカにしてる。もっとも作り物のおかげで、ほんとのモノみたいに柔かくなる心配なしに、あたしたちは好きな時に好きなだけあんたをやってしまえるんだけど。」

「女ガ下品ナロノキキ方ヲスルンジャナイ。確カニ私ノ性器ハ勃タナイ。生殖能力ヲ持タナイ。ダカラコソ自分ノ生命ト体ヲ擲(ナゲウ)ッテ、自分ヲ一ツノ兵器トシテ作リ直ソウト考エタノダ。」

「言い訳はもういい。ほんとのあんたは勃たなくて偽物のあんたはあたしたちを満足させて、素晴しくて素晴しくてどうしようもないこの世をいずれ吹っ飛ばしてくれる、そのへんで手を打つしかなさそうね。男には、期待し過ぎないに限る。」

基地を見回していた女の視線の最後にいた僕はその目に弾かれて司令官の方を向いた。声は高く響いてしまった。

「僕は、お前を、殺さなきゃならない。」

寝転がったままの女が僕のズボンを引っ張るより、基地中の女たちの笑い声の方が早かった。これほどたくさんの笑いを聞いたのは初めてだった。笑いは壁に当り、光とぶつかって飛び散り、僕の顔に降ってきた。

「僕は笑われて当り前だ、何がなんだか全然分ってないんだから。なんでここにいるのか、ここにいる人たちがいったいどこから来た誰で僕はこれからどうなるのか見当もつかなくて、面倒だから分らなくてもいいんだけど、お前を殺す約束だけはどうしても果さなきゃならない。果せそうにないけど、果すんだ。訊きたいことは一つなんだけど訊き方が二つある。この世界はいったいどうなってるのか、つまり、お前を殺すためにはどうすればいいのか――」

言い終るまでに咳でずいぶん中断した筈で、ひょっとすると僕の声は誰にも一言も聞えてないんじゃないかと諦めかけたけど聞えていたらしい。真ん中をこすっていた司令官の手が止ったのだ。でも機械の声がもう一度喋り出した時も、笑う女たちと黙らせようとする兵士たちの怒鳴り声、その声があまりに子ども過ぎると言ってまた笑う女たちの、とにかくすさまじい声の吹き降りだったから、司令官が僕に向って喋ったというのも、わけの分らないこの世界のほんのわずかな部分だけでも理解してやろうと無駄な聞き耳を立てた果の幻の声だった可能性はある。

「私ヲ殺スナンテ簡単サ。オ前タチガ銃デ敵ノ兵士ヲ撃チ殺シタリ、戦車ヤ基地ヲ爆破スルヨリズットズット容易(タヤス)イコトサ。見テノ通リ私ハ身動キガトレナイ。ヤルノハ簡単ダロウ？確カニ、殺スト同時ニ世界ハ吹ッ飛ブカモシレナイガ、コノ世界ガソンナニ大事カネ？吹ッ飛バシタクナイ何カガコノ世界ニマダ残ッテイルトデモイウノカネ？私ハ、コノ私自身ヲコソ吹ッ飛バシタイ、ソノタメニ、自分ヲ兵器ニスルト決メタノダ。

私ハ実ニ宿命的ナ人間ダト思ウ。性器ハ全ク反応ヲ示サナイガ、顔立ハ、ヨク言ワレルヨウニ性器ニソックリデアルノダカラ。オ前モソウ思ッタダロウ？　垂レ目デ皮膚ノ弛ンダコノ顔ハ、誰ガ見テモ男ノ性器ニソックリナノダカラナ。若イ頃ハ自分ガ嫌ダッタ。一般ノ男並ミニ性器ヲ勃タセ、女ト交ワッテミタクテ仕方ガナカッタ。娼婦ノトコロニモイッタ。軍ニ配属サレテカラハ、戦場デ敵国ノ女タチヲ、仲間ノ兵士ニナラッテ腕力デモノニシヨウトシタ。ソノ度ニ上手クユカナカッタ。顔ノ方ハ性器ヨロシク滾（タギ）リタッテイルノニ、本当ノ性器ノヤツハ、主人デアル私ヲ無視シテ、フニャフニャノ情ナイ小サナ肉ノママ……タカガ性器ノクセニ人間ヲナンダト思ッテイル、言ウコトヲキケ、大キクナレ、硬クナレ、立派ニナレ、オ前ノ力デ女ヲ満足サセロ、ソレヲ見テ私ガ満足スルカラ。ソウ言イ聞カセタガ無駄ダッタ。女ニ笑ワレテモ、私ハ逆上スル気迫モナクタダジット考エテイタ。イッタイナゼ自分ハコンナヤッカイナ人間デアルノカト思イ悩ンダ。

イツモ何カ考エテイルソノ姿ガ、上官ヤ同僚カラ褒メラレ尊敬サレタ。逞シクテ攻撃的ナ兵士タチノ中ニアッテドコカ落チ着キヲ感ジサセル、ト評価サレタ。実際私ハ、前線ノ戦闘ハ苦手ダッタガ、敵ノ出方ヲ予測シタリ地図上デ戦略ヲ立テルノハ、他ノ兵士ヨリヨクデキタ。出世モ比較的早カッタ。

重要ナ戦略ヲ任セラレルコトガ増エルニツレ、私ニ矛盾ガ生ジタ。コレホドノ立場ニナッテイルノニ較ベテ、性器ノ方ハアイ変ラズ無反応ノママ、トイウ事実。性器ソノモノニシカ見エナイ顔ヲ、性器ガ裏切リ続ケテイル事実。机ト地図トペンヲ使ッタ戦略ニ長（タ）ケテイル人間ガ、自分ノモノ一ツ使イコナセナイトハ、軍ノ部隊ニ攻撃ヲ命ジル人間ガ自分ノ肝心ナトコロカラ弾ヲ一発モ撃テナイトハ、ナンタル禍々シイ宿命ダロウカ。私ハ、自分ノ秘密ガイツカ暴カレテ批判ニ晒サレルノデハナイカト恐レタ。アイツハイツモ部下ニ対シテ命懸ケノ攻撃ヲ命ジテイルノニ、自分ハ男トシテノ能力ガ全クナイデハナイカ、ソレヲ誤魔化スタメニアエテ強気ナ戦略ヲ立テテイルダケダ、ソノトバッチリヲ受ケル兵士ノ身ニモナッテミロ

……

一方デ戦況ハ不利ニナッテイタ。戦線ガ広ガリ過ギテ収拾ガツカナクナッテイタ。国境ナドトイウモノニハ最早意味ガホトンドナイ。ドコノ陣営ダトカドコト同盟ヲ結ンダダトカイッテモ、現実的ニハナンノ役ニモ立チハシナイ。私ガ得意ナ地図ノ上ノ戦略ダケデハドウニモナラナイ状況ダッタ。自分デコノ状況ヲ打破スルシカナイ。ソレナラバ、男ニナリ切レナイ自分ノ体ヲ逆手ニ取ッテヤロウ、ト考エタ。ピクリトモ反応シナイコノ体ソノモノヲ一ツノ兵器ニ作リ替エテヤル。地球上ノドンナニ強力ナ兵器ヲモ凌グ力ヲ見セテヤル。ソシテ、地球上デ一番逞シイ性器ヲ持ツ男ヨリモズットズット男ラシイ弾丸ヲ発射シテミセテヤル。自分自身ヲ唯一無二ノ、地球最大ノ弾丸トシテ発射シテヤル。ソノ時私ハ男トシテノ快楽ト軍人トシテノ達成感ヲ同時ニ味ワウノダ。

私ハナ、濁リ切ッテ醜クナッタ我ガ国ヲ、洗イ清メテ復活サセタイノダヨ。伝統アル政治家一族ニ生レタ私ニハソノ資格ト責任ガアル。我ガ国ハカツテ美シイ水ト緑ニ溢レ、人々モマタ美シイ心ヲ保ッテイタ。ソウダ、我ガ国ハ本来美シイノダ。美シイトイウ言葉以外デハ表現デキナイ国、ソレガ我ガ国ダ。ナノニ戦イニ明ケ暮レルウチ、無残ナ国土ニナッテシマ

ッタ。ドコヲ見テモ醜イ限リトナッテシマッタ。国民モ、残念ナガラ醜クナリ果テテシマッタ。私ハ悔シイ。情ナイ。濁リニ覆ワレテイルノガ当リ前ダト諦メテイル国民ニ、思イ知ラセタイ。光輝ク我ガ国ヲ見セテヤリタイ。イマコソ、美シイ国ヲ復活サセナケレバナラナイ。甦ラセナケレバ、取リ戻サナケレバナラナイ。ソノタメニコソ、性器ノ顔ヲ持ツ私ガ本物ノ性器トナリ、兵器トナリ、爆発シ、濁リモロトモ、敵対スル国々モロトモ、我ガ国ヲ吹ッ飛バシテ一度ゼロノ状態ニ戻シ、ソノ中デ生キ残ッタ純粋ニッポン人ダケガ新タナ時代ヲ作リ、美シイ明日ヲ摑ムノダ。ソノ時コソ、美シイ国ヲ取リ戻スコトガデキルノダ。

私ハ自分デ自分ヲ開発スルコトニ没頭シタ。困難続キダッタ。何シロ生身ノ体ヲ別ノモノヘト変化サセネバナラナイノダ。命デアリナガラ、命ヲ奪ウ兵器トナラネバナラナイノダ。周リハ呆レテイタガ、同時ニ私ニ賭ケテモイタ。政府ハ戦況悪化ヲドウスルコトモ出来ナイシ、濁リヲ除去スルナドホボ不可能ナノダカラ、無謀ニ思エル私ノ計画ニ乗ッテデモミルヨリ他ニ策ハナイ。計画ハ承認サレ、私ハ基地ニ籠ッタ。兵器開発ノタメニ必要ナ技術者ヤ資材運搬ノ作業員ハ、軍ガ保持スル水ト食料デナントカ集メルコトガ出来タ。

新兵器開発ニ当ッテ私ガツケタ最低ノ条件ハ、性的ニ役ニ立タナイ性器ソノモノヲ兵器ノ中心トスルコト、コレダケダッタ。ソノコトガ技術者タチヲ悩マセタ。体ヲ兵器ニ組ミ込ムダケナラ難シクハナイノダロウガ、性器ト兵器ノ直結ハ、専門ノ頭脳ヲモッテシテモ難シカッタ。彼ラヲ最モ苦労サセタノハ、性的ナ快楽ヲ兵器ノ攻撃力ニ結ビツケル点ダッタ。男ノ快楽ト軍人トシテノ達成感ヲ合体サセルコト。兵器ガ炸裂スル瞬間ニ、私ガ生レテ初メテノ性的快楽ニ到達スルコト。ソレニハ軍事技術ニ加エテ医療ノ要素モ不可欠ダッタ。立案者ノ私ト、実際ノ開発現場ニ入ル技術者タチノ間デ、延々ト議論ガアッテ、初メノ計画ガ見直サレ、変更サレ、ナカナカ進マズ、実際ニ着手サレタ時ニハ戦況ハ我ガ国ニ完全ニ不利トナッテイテ、資材ヤエネルギー資源ガハッキリト不足シ始メテモイタガ、技術者タチハ果敢ダッタ。物資ヲ無駄ナク使イ、作業途中デマタイクツカノ見直シヲ行イ、見テノ通リ私ヲ生カシタママ全身ヲ頑丈ニ固メテイッタ。ソシテ最モヤッカイナ性器ノ方へ取リカカッタ。

マズハ性的ナ反応ヲキチント示ストイウ基本的ナコトヲ、新タナ性器ニ自覚サセネバナラナイ。オ前タチモ見タ通リ、我ガ巨大ナル人工性器ノ先端ニ、人間界デ完璧ト思ワレル大キサト形ノ性器ヲ再現シ、ソレニヨッテ現実ノ生キタ女ヲ満足サセルノダ。スグニ私ノ肉体ガ快楽ヲ味ワエルワケデハナイガ、ヤガテソレガ可能ニナル筈ダッタ。ソノ前ニトリアエズ、女ガ喜ビ泣キ叫ブ姿ヲ私ガ認識スル必要ガアル。作リ物デアッテモマズハ自分ノ性器ニ女ガ群ガル光景ヲ視覚ニ取リ込ミ、自信ヲツケルノダ。基地ノ作業員タチハ私ノタメニ外部カラ女ヲ調達スルヨウニナッタ。攫ワレテキテ最初ノウチハ恐怖ニ震エテイル女モ、人工性器ノ快楽ヲ一度知ッテシマエバココカラ脱ケ出セナクナル。ソレニ空気ハ比較的安全デ、水ト食料モアルノダカラ。私ハ性器ト兵器ヲ合体サセル目的以外ニ、コノ人間ノ欲望、ツマリ生キル力ニ魅了サレタ。女ガ、十分ナ食事ヲ与エラレテ、性ノ快楽ヲ覚エテユク姿ハ感動的ダ。初メハ父ヤ母ノ名ヲ呼ビ、ココカラ出シテクレ、ウチニ帰リタイ、オ助ケ下サイト神ニ祈リ、私ヲ化ケ物ト罵ッタ純粋ナ女ガ、ヤガテ毎日私ヲ求メルヨウニナッテユク。不純ニナルノデハナイ、ヨリ純粋ニ生キル喜ビト性ノ快楽ニ目覚メテユクノダ。コノ戦況悪化ノ我ガ国、濁リト呼バレル汚染ソノモノデシカナイ悪夢ノ世界ヲ逃レテ、光ニ満チタ純粋デ安全ナコノ基地デ初メテ人間ラシイ喜ビニ接スルノダヨ。

私ノ性器デ喜ビヲ知ッタ女タチハソノウチ、ココデ働ク技術者ヤ作業員ノ男タチニモ手ヲ出シ始メタ。地上ノ多クノ場合ト反対ニ、女ガ男ヲ襲ッタノダ。性ノ喜ビヲ知ッタ女タチノ行為ハ、荒々シクテ一方的デ果シガナカッタ。モシ自分タチヲ全ク満足サセナイ男ガイレバ、容赦ナク暴力ヲ振ルイ、基地ノ底ヘ投ゲ落シテ殺シタ。妊娠シタラ、私ノ性器及ビ兵器開発ニ携ワル医療技術者ニ手術シテモラエバヨカッタ。

女ガ喜ブ一方デ兵器ノ開発ハ遅レ、計画ガサラニ変更サレ、ツイニ中断サレタ。イクラ待ッテモ新兵器ガ出来上ガラナイコトニ我慢出来ナクナッタ軍部ハ、基地ヲ放棄スルト決メタ。逃ゲ腰ノ政府ヲ守ル名目デココカラ手ヲ引イタ、ツマリハ逃ゲ出シタノダ。ココデ働ク男タチニトッテハ好都合ダッタ。展望ノ開ケナイ兵器開発カラ、ソシテ女タチノ魔ノ手カラ、逃レルコトガ出来ルノダカラ。結果、私ハコノ通リ取リ残サレタ。改造途中ノ人間トシテ、開発途中ノ兵器トシテ、捨テ置カレタ。性ノ快楽ト兵器ノ炸裂ヲ一致サセルトイウ目標モ止ッタママニナッタ。

軍部ガ完全ニ撤退シタアトモココニ残ッタ男タチガイタ。技術者タチハ軍ガ連レテイッタガ、資材運搬ナドヲ担当シテイタ労働者ハ使イ捨テニサレタワケダ。私ハ奴ラヲ脅シタ。ココデ澄ンダ空気ト水ト食料ニアリツキタイノナラ、新シイ女ヲ連レテコイ。サモナイト起爆装置ヲ作動サセルゾ、ト。トニカク女ガ必要ナノダ。何シロ私ノ人工性器ハ女ヲ食ッテシマウノダカラ。」

「それのことだけど。」

背の高い女が体を起した。

「なんであんたは女を食ったりするわけ?」

「ソンナコトヲ私ニ訊カレテモ分ルワケガナイ。タダ、技術者タチガ性的ナ快楽ヲ、食欲ト重ネ合セテ考エテイタノハ確カダ。男ト女ノ体ノ交ワリトハ、オ互イヲ求メ合ウコト、相手ト一体ニナリタイトイウ欲望ノ表レダ。一体ニナルトハ、自分ト相手ノ二ツノ体ヲ一ツニスルトイウコトダ。血モ肉モ骨モ一ツニマトマル必要ガアル。ツマリ片方ガ片方ヲ食ベレバイイ。技術者ノ理論ハコノヨウナモノダッタ。シカシコノ性器ガ女ヲムシャムシャヤッタアト、ソノ潰サレタ体ガ果シテ私ノ体ニドコマデ取リ込マレテイルノカハ分ラナイ。何シロ開発途中ナノダカラ。嚙ミ砕カレテドロドロニナッタ女ノ体ニ、オソラクナンラカノ加工ガ施サレ、マタナンラカノ薬品ガ加エラレテ私ノ体ニ注入サレテイル筈ダガ、確メヨウガナイ。私ノ体ニ流シ込マレテイルト見セカケテ、実ハ基地ノ底ヘト廃棄サレテイナイモノデモアルマイ。デアレバ、女ニ投ゲ落サレタ男タチノ死体ト、ソレコソ一ツニナッテイルノカモシレナイナ。」

「食う女と食わない女はどこで分けてる? あたしみたいに食われてないのは女じゃないってこと?」

他の女たちがいっせいに笑った。あんまりしつこく笑っていた、すぐ近くの通路にいた一人を、背の高い女の腕が伸びて笑い声ごと摑むと基地の底へ投げ落した。

「食ベル女ヲ選別スルノハ性器ノセンサーダガ、ドウイウ基準デ反応スルノカハ読メナイ。年齢デモナサソウダシ体格デモナイ。美人カソウデナイカ、マタ、子ドモヲ産ンダ産ンデナイ、トイウノデモナイ。ハッキリシテイルノハ、コレマデ食ベラレテキタノガ、私ノ性器ガドウシテモコノ女デナケレバナラナイト判断シタ女トイウコトダ。男タチヲサンザン貪ッテ殺シテキタ女タチガ今度ハ選バレテ食ベラレル……コレハ推測ダガ、選バレルカドウカハ、男ヲドレダケ食イ物ニシテキタカ、何人殺シタカデ決ルノデハナイノカナ？　男ノ性的ナ力ヲ十分ニ味ワイ、逆ニ自分ヲ満足サセナイ男ヲ邪魔者トシテ殺ス、ソウシタ強イ生命力ヲ持ッタ女ガ選バレルノデハナイノカナ？」

「では、どうしてあたしが選ばれない？　やるだけやった、殺してやった。」

「オ前ハ食ワレタイノカ？　答エロ、ナゼ私ニ食ワレタイ。」

女が黙ったのを、ひどくうかつなことだと僕は思った。またあの目をしていたからだ。

「食ワレルコトニヨッテ女トシテ認メラレタイ、嚙ミ砕カレルコトデコノ苦境カラ一気ニ脱シテシマイタイ、死ニヨッテ全テヲ引ックリ返シ、男ヲ食イ物ニシテキタコト、殺シテキタコトヲ反省シ、何モカモ改メテ、人間トシテモウ一度生レ変リタイ、ソノ時、神ハ自分ヲ認メテクレルノデハナカロウカ……ココノ多クノ女ト同ジク、オ前モ神ヲ諦メ切レナイトミエル。」

僕はハセガワが話しかけてくれるのを待ったが、ハセガワがもし話すとしたら相手は僕じゃない筈だった。

「イイダロウ、神ノ代リニ私ガ聞キ届ケテヤル。サアヤッテミロ、ソノ男ヲ、サッキノ小娘ノヨウニ投ゲ落セルカ？」

僕はまずいことになったと分ったけど、分ってみたところで仕方なかった。摑まっても仕方ないのを承知でとりあえず傍の鉄柵に摑まった。

「こっちは男不足だからこいつ一人だって無駄には出来ない。あんたの作り物がいくら立派だからって生の体が格別なのに変りはない。」

「違ウダロウ。オ前ハコノ若造ニ愛情ヲ感ジテイルノダロウ？　モウ長イコト感ジテイナカッタ人間ラシイ感情ヲ、コノ弱々シイ男ヲモノニシタコトニヨッテ思イ出シテシマッタ、体ノミナラズ心モ満タサレタ、自分ニハマダ人間ラシサガ残ッテイル、マダナントカナルカモシレナイ、ソウダロウ？　嚙ミ砕カレテ女トシテ認メラレテ何モカモ改メテ神ノモトデ出直シタイ、トイウ決意ハドウシタ？　オ前ノ信ジル神ハコイツ一人ニ勝テナイホド弱イノカ？本当ノオ前ハドコニイルノダ？」

司令官と女が喋り続けている間、その時間の外側では腕輪の男の指示を受けた若い兵士たちが動いていた。すがりつく女たちを振りほどき、でも決して下へ落しはせずにかわし、すり抜け、司令官に近づいた。通路や梯子を使う者、細いワイヤーを危なっかしく降りてゆこうとする者。何人かはフックのついたロープを肩に巻きつけたり腰に様々な工具をぶら下げていたり二人がかりで大きな網を広げたりしていた。

「ドウイウ答ヲ出スニセヨ、オ前ガイマ信ズルベキハ神デハナイ、ソレハ分ッテイルダロウ？　認メタクナイカ、ココニハ神デハナクコノ身動キノトレナイ、男トシテノ機能ノナサヲ人工性器デ逆転シヨウトシテイル理解不能ノ、人間ノヨウナ機械ノヨウナモノシカイナイノダト、認メタクハナイカ？」

司令官は確かに笑った。声のない笑い、濁りと風だけの世界にたった一つふわふわ飛んでいる不思議な笑い、笑えば笑うほど笑いから遠くなってゆく笑いだった。他の笑いはどこにもなかった。鉄と革に縁取られた顔は、世界最後の笑いだった。この笑いが消えた途端に世界が止り、砕けそうだった。僕はただ見ているだけだった。世界が砕けてくれるのを本当に待っていた、僕を殺すかもしれない背の高い女がどうにかさっさと司令官に食われないものかと望んでいたように。僕に出来るのは咳以外では、こうして何かを待ったり待たなかったりすることとくらいだった。何も出来ないことそのものが僕だった。何かが出来てしまえば僕は僕以外の何かになれるかもしれなかった。

何も出来ず世界も砕けない代り、別のことが起った。

光はまだあった。若い兵士たちの動きが黒い影だった。よりくっきりとした影である司令官を囲んだ。宙吊りの影は顔つきも分らない濃い闇だった。光が強くなっているらしかった。

「ドウシタ、ソノ男ヲ投ゲ落シサエスレバ全テノ望ミガ叶ウノダゾ。自分ニ人間ラシイ愛情ヲ取リ戻サセテクレタ男ヲ殺スコトニヨッテ、オ前ハ神ニモ人間ニモ背ク存在トナル、ソノ神ヲモ凌グ生命力ヲ私ガシッカリ受ケ止メ、味ワッテヤルトイッテイルノダゾ。全テヲ終リニ出来ルノダゾ。」

「そうね。何かが終りになるなんて、そんなめでたいこと、たぶん他にないでしょうね。」

体が締めつけられて動けなくなった。どこを摑まれているのか分らなかった。女の力は強く、片手で全身をすっぽりと捕えられてしまった気がした。体を引っ張られた。なんとか傍の鉄柵を握ってはいたけど全てが頼りなかった。光を背にして女も影だった。動かない光の中で影ばかりが動いていた。基地が揺れているように感じるのは僕が強く揺さぶられているからなのだろう。司令官だけが闇の中で笑っていた。女は笑わずに引っ張り続けた。僕の体が鉄柵と女の腕力の間で硬く突っ張った。僕はその時の自分に出来る一番簡単なこと、出来さえすれば一気に楽になること、つまり鉄柵から手を離すことをせずに、ものすごくずるいことをした。

「ほんとは子ども、産んだんじゃない？」と訊いたのだ。

驚いたことにずるい言葉には効き目があった。といっても女の動きが止ったのではなく僕の声で一瞬だけ力が緩んだあと、反対にいっそう強く引っ張り始めたのだ。仕方がないのでもう一つ別の、これまで一度だけ言ったことがあるけどまた使うとは思わなかった言葉を言ってみた。

「男の子だった？」

女が動きを止めて僕を見た。影の中で目が光っていた。女というのはなんでいつもこういう目で僕を見るのだろうと思った。笑って僕を放した。光はまだあった。兵士たちは司令官の体をロープで周りの梯子にしっかり固定し、真ん中の部分に網をかけ、体とつながっている部分に集まって、どうやら切り放そうとしているらしい。僕はまた女に何か言おうとした。たぶんずるい言葉を謝ろうとした。咳がひどくなった。胸を押えながら俯き、次に顔を上げた時には、女が梯子やワイヤーを伝って網の中でじっとしている黒い真ん中に飛び移っていた。真ん中は折れそうに大きく揺れた。兵士たちはよろめきながらも、割り込んできた女を引き離そうとしたが、女はどこまで伸びるのか知れない腕を振り回して追い払った。さらに傾いた。

「うまくもなさそうだけど。」

女の声ははっきりしているのに穏やかだった。影の中に歯が光った。女は網の目から突き出た、真ん中の先の尖った部分に噛みつき、食いちぎった。女たちから悲鳴が上がった。光が急激に増して目に見えるもの全てが恐しく輝いた。女たちも兵士たちも動き回っているのに、基地の中の何もかもが固く閉ざされて凍りついた感じだった。食いちぎったものをくわえて司令官の真ん中にしがみついたままの女の、べとべとになって肩に張りついていた髪が燃え始めた。笑いにも叫びにも聞える声と一緒に小さなそれを吐き出した。空中で火になって消えた。女は体の外側の線にぐるりと炎を走らせていた。火はだんだんと体の中心に向った。火の面積が広がり女の残りの体は見る見る小さくなってゆき、女の形をした火の塊が、枯葉が風にも雨にも時間にも惑わされず枝から落ちるみたいに、司令官の真ん中から静かに剝がれた。軽かった。白い光をはね返して燃えて浮いた。その時間はものすごく短かった。塊は人間の重さを取り戻して落ちていった。作動した、離れろ、という誰かの声が光を浴びて砕けた。熱い煙が吹き上がってきた。司令官の体を覆っていた鉄板のつなぎ目から光が漏れ出し、真ん中の部分も食いちぎられたところから裂けていった。花が咲くのと枯れるのとが同時に起っていた。覆っていた革が焼け、弾け、破片になって落ち、途中で小さな火になり、火の粉になった。

鉄板が完全に剝がれ落ちた司令官には中身がなく、代りに一本の紫色の光の線が丁度背骨の位置にあり、伸びてゆき、その一番上にはまだ頭の部分だけが残っていた。体がなくなった分、男の真ん中そっくりの顔つきははっきり見えていた。光を破って喋った。

「完成スル。コレデ完成スル。取リ戻セル、取リ戻セル、取リ戻セル……」

女に真ん中を食いちぎられて何かを成しとげたらしい司令官の紫色の骨の途中、腰のあたりに、やはり紫に光る出っ張った小さな部分があった。光の加減で出っ張ったように見えるだけかもしれなかった。これが司令官の真ん中だった。粒だった。垂れ下がった頰から滴がぽたぽた落ち、光の出っ張りの粒に当って散った。その度に細い光になった司令官は苦しそうに小さく震えた。滴は出っ張りそのものからも落ちていた。僕は、気持いいの？　と訊こうとしたが咳で声は出なかった。空気が渦を巻いて熱くなっていった。自分がひどく年を取ったのが分った。連隊長が死んだのが、母さんが死んだのと変らないくらい前だった。ハセガワは基地に来てから死んだ。背の高い女はほんとはいなくてハセガワ一人、実はハセガワもいなくてこの世界で僕が会った女の人は母さん一人だけだった。それはそうに違いない、母親を助けられなかった人間がそのあとどんな世界で誰と会ってどんな出来事に巻き込まれたところで、そんなの出来事のうちに入るわけがない。僕は戸棚から出られずに連隊長が母さんから離れるまで待ってたあの時のままなんだ。年なんか、取ってない。一度も取ったことなんかない。

戸棚から出られない僕の目の前で光になった司令官が膨れ上がってゆき、僕は小さくなっていった。相手が大きくなりこっちが小さくなるのだけが僕にとっての時間の進み方らしかった。誰かがしきりと僕を引っ張っていた。誰かの手でどこかへ動いていた。まるで生れてから自分の意思で何かしたことは一度もなかったかのようだったが、連隊長の右目を抉り出した感触はまだ指先にあった。ハセガワの動かない足を揺すってみた時の重さも覚えていた。いまここにハセガワはいないけど覚えてはいた。覚えているだけだった。約束も忘れてはいなかった。

咳で意識がはっきり戻った。僕は兵士たちに引きずられて基地の内壁まで来ていた。さっきまでいたあたりには大きな光の塊があった。通路や梯子が焼け落ちていった。咳ばかりでなく、熱が籠って息がしづらかった。白と紫が混って揺れ動いている光はまだどうにか司令官の顔を残していた。太い眉と垂れた目とたるんだ頬があった、世界で一番かわいそうな顔が。

基地が大きく揺れた。光の力ではなく外側から何か別の力が加わっているらしかった。地上の倉庫への階段を兵士に腕を抱えられて上っていった。光がうしろから追いかけてきた。どこかが崩れる振動があり何人かの叫びが聞えたがもっと大きく聞えたのは神か神に背いた何かのあの鳴き声だった。

基地がすさまじい音を立てた。僕らを追いかけるのは光に代って崩れ落ちるコンクリートや鉄骨だった。倉庫まで上ってきた時には、基地を破壊して膨らみ続ける光の塊が地上に姿を現していた。てっぺんにはやはり世界で一番かわいそうな顔があった。幅も高さも増す光の中で顔だけが光ではなかった。顔さえなければ完璧な光だった。立ち止らずに倉庫を突っ切り、広野へ出た。倉庫も光に呑まれて燃えた。光はどこまでも大きくなりそうだったが、地下の基地と倉庫を燃やしたあと、僕らを追って横に広がりはせず、真上へ伸びていった。熱は世界に満ちていたが光はまだ光の中から一歩も出ていなかった。顔は小さな点になった。光の柱のせいで周りの世界が薄暗く思えた。昼か夜か分らなかった。光とそうでないものとに世界が分れていた。兵士たちが互いに何かを言い合おうとしていたが、すぐ隣の声も聞えなかった。兵士の一人が僕の頭にもマスクを被せた。光がどんな音を出していたかは覚えていない。何も聞えないのだから光も音を出してはいなかったのだろう。静けさが大声で叫んでいたんだ、きっと。

僕は自分の真ん中が硬く長くなった形を思い出した。広野に立つ光の柱は色も大きさも全然似てなかったけど、司令官はここまで太く長くなった（硬さもそうとうなものだったんじゃないだろうか）光の柱のてっぺんで幸せを感じていたのかもしれない。顔だけになった司令官は光の柱から、いまにも発射しそうだ。光の柱は空の天井に届きそうに伸びてゆく。僕は、まさかと思うがこれは神様なんじゃないだろうか、とばかみたいなことを考えた。

大きな静けさの空からあの鳴き声が聞えた。世界はまだ光とそれ以外のものだけだったがどちらとも違っていた。

地の果から濃い灰色の雲が湧き起った。風はやんでいたが雲は恐しい速さで空を埋め、こちらへ迫ってきた。普段の濁った雲と違って輝いていた。昼と夜を混ぜ合せた不思議な色をしていた。膨れ上がって硬い瘤（こぶ）みたいになっていながら、すぐに柔かく崩れ、色をかすかに変えていった。雲の中が時々青白く点滅したが、雷は、あの鳴き声ほどに空気を震わせはしなかった。

光の柱の方は、伸びるのをやめ、地平に真っすぐに立ち、雲と向い合った。

雲の一番先の真っ黒い部分が、光の柱を押し潰しそうに低く降りてきた。光は雲を照らし、自分の紫色の輝きを際立たせ、雲は雲で光をどこへも逃がさない陣形を張り、光のてっぺんにある司令官の顔へ迫ってき、雷がやみ、全ての動きが止った。司令官の遠い声だけが降っていたが白い滴になって落ちてくるだけであり、なんと言っているかは聞き取れなかった。母さんもハセガワも、誰も喋らなかった。

真っ黒い雲を透かして、濡れて光る二つの大きな赤い玉が見え、やがてはっきりと両目になった。続いて鼻と口、顔全体が現れ、胴、翼、手足、最後に長い尾が雲を散らし、一匹の生き物が浮び出た。首を揺らし、ゆっくりと伸びをすると、稲妻を従え、光の柱の周りを泳ぎ始めた。鼻はすさまじい呼吸をし、閉じた口からは牙がはみ出し、頭に何本も生えている角は絡まり合い、冠を被っているといったところだった。茶色の体の表面は光を受けて輝いていた。二つの翼は、木の枝のような骨組みに薄い皮が張り、空を叩いてゆっくりと動いていた。手足は短くて太かった。指は見えない何かを摑んででもいるのか気味悪く曲げられていた。爪も深く丸まっていた。角の根本から始まった灰色の毛の列は首から背中へと続き、逞しく盛り上がった腰のところで切れていた。尾は波模様を描いた。動く丘と、僕には分らない巡礼たちの言葉を思い出した。においも鼻に戻ってきた。

龍は空の一点、光の柱の真上に留まると、司令官の顔に食いついた。柱は大きく揺れた。龍は放さなかった。柱は大きくくねって龍を振り回した。龍は空を滑って自分が出てきた雲にぶつかり、埋もれ、少しの間見えなくなり、雲を散らしながら姿を現し、また雲の中に押し込められ、という出入りをくり返したが口は柱の先をくわえたままだった。やがて翼と尾の動きで柱のうねりを逆に押えつけた。柱も抵抗し、光を強め、龍は体が内側から紫色に光るほどだったが、首を伸ばし喉を動かし、光を呑んでいった。首の太さは柱の半分もなかったがお構いなしだった。豊かな水の流れを吸い込んでいるようだった。柱は、呑まれた分だけまた根本から生え出てきて途切れなかった。

天へ昇ってゆきたい光はずいぶん長い間、龍を突き刺し切れずに呑まれ続けていた。でも、世界でただ一つだけ起っているこの出来事だって、この世界で起ってきたほとんどの出来事と同じく、いつまでも続いたわけではなかった。始まる理由もなければ終る理由だってなさそうなのに、柱が少しずつ細くなっていった。僕の目にそう見えているだけかもしれないと思ってみたが、やっぱり本当に細くなっていった。龍の喉は、太かった時と同じ動きだった。光はいよいよ糸ほどに細くなって、持ち上がった根の先から白い滴が落ちた。これがどうやら司令官の完成であり、発射だった。静かなものだった。呑み干した龍は、大きなげっぷを一つした。長いとも短いとも感じられる響きで世界が震え、やんだあとは、雲も龍も消えて、濁った空だった。気づくと僕らは何かべとべとした黒っぽいものを頭から浴びていた。生臭かった。

「龍の血だ。あんな熱いものを呑んだから口の中が焼けたんだ。」と兵士の一人が言った。

兵士たち（革命や反乱という言葉を使っていた）と、その後ずっと続く長い旅に出る前、僕も基地の跡を見にいった。

地面は大きく抉れていた。基地の壁のいくらかがひしゃげて残っていた。人の体の、完全なのとばらばらなのとがあった。何人かの兵士が、ぶ厚い防護服を着て抉れた跡へそろそろと下りていったが、熱があって底まではとても行けず、それでも縁のところを歩き回って、そこらじゅうに散らばる残骸のいくつかを、ハセガワが渡してくれたやつより大きさも厚さも何倍もあるゴムの袋に入れていった。

「調べるんだ。」と腕輪の男が言った。

「何を？」

「分らないが、とりあえずいろんなものを集めて調べてみるしかない。世界を滅ぼす兵器がいったいどんなものなのかを知る必要がある。」

勿論僕はそんなことになんの興味もなかったし、世界の何かに興味を持ったことなんか一度もなかったけど、訊かずにはいられなかった。

「そうすることに、意味はあるんだよね？」

どうしてそんな意味のないことを訊いたのだろう。とにかくその時の僕が笑ったり泣いたりせずただ単純にそう訊いたのは確かだ、なんの答も待っていないみたいに。この世界で最後に何か訊いてみるみたいに。

男は答える代りに黙り、黙る代りに右手で左手首をねじってみせた。金属がこすれ合う音がして手が腕から外れた。

「例えば俺には左手がない。だが、」と手を腕に戻し、「片手がないということを持っている。」

「ないことを、持ってる？」

「つまり、神を信じているということになる。」

「さっき僕らが見たのは、光とか龍とかは、神？」

「違う、と思う。」

「思う？　信じ切ってないってこと？」

「光も龍も神じゃないが、あの光景のどこかに神はいた筈だ。思うだけだが、そう思う。」

男たちはずっと北の方の、基地と同じく空になっている軍の施設で服やマスクなどの装備を手に入れたのだという。兵士たちを結びつけているのが神を信じているという点だけなのが不思議で不安だったけど、一緒に来るかと訊かれ、ハセガワについてゆく前と違ってすぐに、一緒に行きたい、と答えた。何も信じてないけど、とつけ足すと男は、信じるようになった時に知らせてくれればいい、と言った。

基地を回り込み、南に向って歩いた。海を目差すのだった。僕は本当は、来た道を戻ってもみたかった。林のハセガワと話したかった。ホテル、レストラン、スーパーマーケット、学校。黒板、シーソー。プールの子どもたちとも、きっと話くらいは出来る筈だ、世界はまだあるんだから。それから街に戻って、母さんに会う。手伝ってもらったのであるにしろ仇を討ってしまったから、もう一言も話しかけてくれなくなったけど、あの街に墓があるのだから会える。会うってことは謝るってことだ。謝るのをやめちゃいけないのだ。戸棚から出なかったこと。早くしろ、と言ったこと。見ないでって言われたのに見てしまったこと。僕はもう一度戸棚の中に入る、母さんの腹の中に。そして今度こそ自分の手で扉を開けて、見てほしくないなんて思っていない、血まみれでない母さんに会うのだ。そうやって何度も何度も生れてこなくてはならない。母さんが死んでしまったくらいで、僕が二度と生れてこなくていいなんてことにはならない。母さんを助けられなかった僕は何度でも生れ直して、もしもそこでまた母さんがひどい目に遭っていたとしたら、何度でも母さんを助けなくてはならない。何度やってみても助けられないのだとしたら、僕がちゃんと自分の力で腹から出ていったつもりでも血まみれなのはいつも母さんの方で僕ではないのだとしたら、その時世界は司令官の真ん中が発射する光で焼き尽されてしまっていることだろう。龍なんて世界のどこにも一匹もいたためしがなかったことにされてしまうだろう。龍どころか世界そのものがなかったことになるだろう。それでも、だからこそ、僕はいつまでもいつまでも、生れてゆかなくてはならないのだ。成長してから何が出来るかなんて想像もつかないけど、生れるだけは、生れなくてはならないのだ。

僕は街へ戻りはしなかった。どうしても戻りたいという気持より、海を見たいという願いの方が強かった。兵士たちが神を信じているほどには、僕は海の存在をどうしても信じられなかったのだ。

僕が本当に海を見たのは長い旅のあとだった。そこには大きな船があり、いま話してきたよりももっと長い話が待っていた。

でも、兵士たちと歩き出した時点で、最高の話は、咳がぴたりと止ったという信じられない出来事だった。防護マスクのためだけじゃない、と兵士の一人が教えてくれた、龍の血を浴びたからだ、と。僕は大きなマスクの内側に響く呼吸の一つ一つを確かに聞きながら、鯨を思い描き、海に向って歩いていった。黒板に文字を書くように、少しずつ。

初出　「すばる」二〇一六年七月号
（「司令官の最期」を改題）

装画　川野美華（「SMOG CAT II」）
装幀　菊地信義

田中慎弥（たなか・しんや）

一九七二年山口県生まれ。二〇〇五年「冷たい水の羊」で第三七回新潮新人賞を受賞しデビュー。二〇〇八年「蛹」で第三四回川端康成文学賞を、同作を収録した『切れた鎖』で第二一回三島由紀夫賞を受賞。二〇一二年「共喰い」で第一四六回芥川龍之介賞を受賞する。主な著書に『図書準備室』『神様のいない日本シリーズ』『犬と鴉』『実験』『共喰い』『田中慎弥の掌劇場』『夜蜘蛛』『燃える家』『宰相A』『炎と苗木　田中慎弥の掌劇場』がある。

美しい国への旅

二〇一七年 一 月一〇日 第 一 刷発行

著 者 田中慎弥

発行者 村田登志江
発行所 株式会社集英社
東京都千代田区一ツ橋二―五―一〇 〒一〇一―八〇五〇
電話 〇三（三二三〇）六一〇〇［編集部］
〇三（三二三〇）六〇八〇［読者係］
〇三（三二三〇）六三九三［販売部］書店専用

印刷所 大日本印刷株式会社
製本所 ナショナル製本協同組合

ISBN978-4-08-771022-9 C0093
定価はカバーに表示してあります。

集英社文庫＊田中慎弥の本

共喰い

セックスのときに女を殴る父と右手が義手の母。
自分は父とは違うと思えば思うほど、
遠馬は血のしがらみに翻弄されて――。
映画化もされた第146回芥川賞受賞作。
瀬戸内寂聴氏との対談を収録。

田中慎弥の掌劇場

見知らぬアタッシュケースを預けられた男、
自殺と断定された妻を殺害したのは自分だと主張する夫など、
日常がふいに歪む瞬間を1600字で切り取った、
芥川賞作家初の掌編小説集。
（解説／中村文則）